für

alle meine

schauspieler

als

erinnerung

für bald

an jetzt

und früher

Bibliografische Information der Deutschen Nationalbibliothek:
Die Deutsche Nationalbibliothek verzeichnet diese Publikation
In der Deutschen Nationalbibliografie; detaillierte bibliografische
Daten sind im Internet über http://dnb.dnb.de abrufbar.

© 2017 Martin Franz Neuberger
Herstellung und Verlag:
BoD – Books on Demand, Norderstedt

ISBN: 978-3-7448-8922-3

schmetterling in engelshäuten

martin franz neuberger

inhalt

vorhang auf

buch ich soll geschrieben werden
warum denn
ich habe ja gar keine lust dazu
autor eigentlich war es eh nicht so geplant
ich habe mich auch nie
mit dem gedanken hin- oder auseinandergesetzt
wenn ich etwas geschrieben habe
du bist einfach entstanden
buch was soll das heißen
ich bin entstanden
du arbeitest doch gerade an mir
und ich frage mich warum
wo es doch eh schon so viele bücher gibt
autor da hast du recht
bücher gibt es schon viele
aber dir bleibt gar nichts anderes übrig
als geschrieben zu werden
es hat sich im laufe der zeit so viel angesammelt
was soll ich denn sonst damit tun
ich glaube es wäre schade
wenn ich nicht wenigstens versuchen würde
es auf diese art zu erhalten
und vielleicht sogar weiterzugeben
buch was sammelst du denn
autor theaterstücke
buch theaterstücke
davon gibt es ja auch schon mehr als unmengen
autor schon
aber diese theaterstücke sind etwas besonderes

die sind nicht irgendwo
in einem stillen kämmerlein
fernab von möglichen darstellern
und publikum entstanden
sondern hier handelt es sich um texte
die ich meinen schülern
sozusagen auf den leib geschrieben - -
buch gut dann belassen wir es dabei
autor wobei
buch wenn sie eh schon
auf deiner schüler leiber geschrieben sind
dann brauchst du mich doch gar nicht mehr
autor sehr witzig -
zumindest redensartlich gemeint -
also
- - auf den leib geschrieben
und für die aufführungen
im wahrsten sinne des wortes
mit ihnen erprobt habe
und wenn du es jemals erlebt hättest
welchen spaß meine schauspieler
dabei immer hatten
und wie sie bei den aufführungen
regelmäßig über sich hinausgewachsen sind
würdest du geradezu darum betteln
geschrieben zu werden
buch jetzt machst du mich aber neugierig
denn was ich da so höre klingt nicht schlecht
also wie legen wir es an –
ich meine mich
autor lese ich da schon
so etwas wie zustimmung heraus

buch momentan hörst du sie nur heraus
  denn geschrieben bin ich ja noch nicht
autor das wird schon werden
  lass mich nur machen
buch bin ich dann
  so etwas wie ein wunschkind von dir
autor auf jeden fall –
  zwar nie geplant
  aber jetzt umso mehr gewünscht
  und irgendwann geschrieben und gebunden
buch das ist ein theater
  das machen wir
autor na gut
  dann
  vorhang auf

die suche nach dem christkind

szene 1 - der anruf
michael sitzt an seinem schreibtisch
und macht seine hausübung
er ist offensichtlich mit etwas sehr beschäftigt
denn er wirkt unkonzentriert
er träumt vor sich hin
plötzlich springt er auf
greift zum handy und ruft jemand an
im publikum läutet ein telefon - das handy von michi
überrascht hebt er mit entschuldigender gestik endlich ab

michi   *zaghaft*   hallo!

michael   servus michi
gut dass ich dich erreiche - hast du zeit

michi   naja - nicht wirklich
er flüstert um das publikum nicht zu stören

michael   hör zu - wir zwei müssen etwas besprechen

michi   *versucht unauffällig zu bleiben*
das ist jetzt sehr ungünstig

michael   was ist denn los
du bist so leise - ich versteh dich kaum

michi   *noch immer leise*   ich kann jetzt nicht reden

michael   hallo - ich hör dich nicht

michi   *fast flüsternd*   ich muss jetzt schluss machen
die leute schaun schon alle

michael   welche leute - wo bist du

michi   im theater

michael   wo bist du

michi   *jetzt plötzlich sehr ungeduldig und ganz laut*
im theater und du störst - tschüss

er legt auf - schaut die leute rundherum an und sagt
entschuldigung
michael *erbost* der legt einfach auf
er ruft sofort wieder an
michi tut als wär nicht er gemeint - endlich hebt er ab
michi *wieder etwas ruhigr* ja
michael du - es ist wirklich wichtig
schau vorbei bei mir - wir müssen etwas besprechen
michi hast du nicht gehört - ich bin gerade im theater
michael na geh - komm trotzdem
michi und außerdem
meine eltern sind nicht zuhause
und ich hab meine kleine schwester mit
und muss auf sie aufpassen
michis schwester melanie
die bis jetzt neben ihm im publikum gesessen ist
steht auf und spaziert einfach drauflos
michi merkt es nicht
michael nimm sie einfach mit - die stört ja eh nicht
michi da kennst du meine schwester aber schlecht
michael egal – wir werden das kind schon schaukeln
also - ich warte auf dich *er legt auf*
michi hallo – hallo – michael – - aufgelegt
er steckt sein handy ein und dreht sich zu melanie
also gehn wir - melanie
nun erst merkt er erst dass sie nicht mehr da ist -
melanie - wo bist du schon wieder
endlich sieht er sie
läuft ihr nach und packt sie an der hand
wie oft hab ich dir schon gesagt
dass du nicht immer weglaufen sollst
melanie aber ich bin ja gar nicht gelaufen

michi egal - du bist verschwunden
melanie nein - ich bin nicht verschwunden
ich bin da
michi *bleibt resignierend stehen*
ok - du bist da und da bleibst du jetzt auch
er geht weiter - melanie bleibt stehen – michi dreht sich um
nimm nicht immer alles so wörtlich - komm jetzt
er wendet sich an das publikum
wünsche noch gute unterhaltung - auf wiedersehen

<u>szene 2 - der plan</u>
michi und melanie kommen bei michael an
michi hallo michael
michael na endlich - kommt rein - servus melanie
er möchte ihr freundschaftlich über den kopf streichen
doch melanie schaut ihn böse an
melanie grrrrrrr
michael *schrickt zurück* ok - ok
michi und michael setzen sich nebeneinander auf einen tisch
melanie setzt sich auf den boden und spielt mit dem stofftier
erzähler michi und michael sind zwei schüler
die sich gern und über vieles gedanken machen
michi nicht ganz so gern
aber dafür ist er umso mehr
mit seiner schwester melanie beschäftigt
auf die er immer aufpassen muss
und die ihrer leidenschaft – nämlich wegzulaufen –
den sprichwörtlichen freien lauf lässt
michael dagegen denkt nach –
und vor und hin und her und wieder zurück –
über gott und die welt und - - über das christkind
michael also pass auf michi - es geht um folgendes

wir haben doch letzte woche
in der religionstunde über das christkind gesprochen
das hat mich sehr beschäftigt
ich habe viel und lange darüber nachgedacht
aber jetzt will ich endlich klarheit
gibt es das christkind - oder nicht
michael rutscht vom tisch herunter
melanie rutscht auch – aber immer weiter weg
michael geht um den tisch herum und doziert
ich stell mir das so vor
wir zwei werden das christkind suchen
ganz professionell – mit allen mitteln
finden wir es - wissen wir dass es existiert
finden wir es nicht - wissen wir auch bescheid
was hältst du davon
melanie hat sich inzwischen weggeschlichen
michi   und du meinst
ich wäre der ideale mann für dich
weil ich meine schwester auch immer suchen muss
er schaut sich um
apropos - wo ist sie schon wieder
melanie   *schreit er so laut er kann*
die beiden suchen melanie überall
und finden sie schließlich in einer ecke spielend
aber wo sollen wir suchen
michael   es ist weihnachten – richtig
michi   richtig
michael   das christkind besorgt geschenke – richtig
michi   richtig
michael   geschenke kauft man in einem geschäft –
richtig
michi   richtig

michael na - klingelt es bei dir

michi wer - das christkind

michael geh - geschäft
  wir brauchen doch nur in den geschäften zu suchen

michi in allen geschäften

michael stell dich nicht so an - nur in den größten
  das christkind muss ja sehr viele geschenke besorgen
  also gehen wir in den supermarkt und beobachten
  ob jemand auffallend viele geschenke kauft –
  und dann -

melanie *fällt ihm ins wort*
  das kann doch nicht euer ernst sein
  ihr glaubt tatsächlich
  dass das christkind
  die geschenke im supermarkt kauft
  das ist doch nicht für möglich zu halten

michi misch du dich da nicht ein
  oder weißt du etwa wie man das christkind findet

melanie vielleicht

michael *kann seine neugierde nicht mehr zügeln*
  und nennt einen supermarktnamen nach dem anderen
  oder ist es etwa der - -

michi wenn du was weißt dann sag es uns

melanie ich sag nur eins - denk

michael das würden wir ja - wenn du uns
  in unseren überlegungen nicht ständig stören würdest

michi nein nein - lass sie
  ich glaube sie meint den herrn denk

michael den herrn denk - wer ist das denn

michi herr denk ist ein freund unseres onkels
  und stell dir vor - er ist privatdetektiv

michael was – privatdetektiv

super - das ist es - den beauftragen wir
weißt du wo er wohnt
michi   na klar
michael   also - los gehts

szene 3 - der privatdetektiv
erzähler   *die akteure folgen genau den worten des erzähles*
der plan ist also gefasst
michi
dessen schwester
an der sache interesse zu zeigen begonnen
und seither
keinen fluchtversuch mehr unternommen hat
ist es auch
also macht man sich auf den weg zu herrn denk
vor dem haus des detektivs beraten sie sich
an der türglocke steht zu lesen

> hast du ein problem
> ## denk
> privatdetektiv

drinnen sitzt der detektiv denk
die füße auf dem tisch
den hut nach vor geschoben
eine zigarette lässig im mundwinkel hängend
detektiv   ich bin nichtraucher - hallo
erzähler   ebenfalls im raum - seine assistentin
sie kommt auf stöckelschuhen angetrippelt
die an der schreibmaschine sitzt
und sich die fingernägel lackiert

an der wand hängen einige phantombilder
und ein diplom

> grundkurs für detektive
> volkshochschule
> klein hintervordern

michi will läuten - michael hält ihn zurück
und macht ihn zuerst noch darauf aufmerksam
dass man nicht so direkt sagen dürfe wen man suche
weil man sonst nicht ernst genommen würde
michi sieht das ein
nach dieser kurzen taktischen besprechung
fordert michael michi auf zu läuten
detektiv ich glaube es gibt arbeit
assistentin soll ich öffnen
detektiv lass sie ruhig noch einmal läuten
  sonst könnten sie glauben
  wir haben keine aufträge
assistentin haben wir auch nicht
detektiv jetzt vielleicht schon
erzähler michi läutet noch einmal
  die assistentin möchte aufstehen
  ihr chef deutet ihr zu warten
  es läutet ein drittes mal
detektiv jetzt
  er unterstreicht seine aufforderung
  mit einer eleganten handbewegung
erzähler die assistentin lässt die drei herein
  und setzt sich wieder an ihre schreibmaschine
  die drei stehen vor herrn denk

der detektiv nimmt keine notiz von ihnen
michael deutet zu michi
der zuckt ratlos mit den schultern
schließlich räuspert sich melanie ganz laut
detektiv was gibts
michael wir wollen – *er bückt sich und versucht*
das gesicht des detektivs zu sehen -
wir wollen jemanden suchen lassen
der detektiv schiebt den hut zurück
detektiv kein problem
mrs meier protokollieren sie - name
michael ich heiße michael
detektiv *streng* des gesuchten
michi *voreilig* christ –
michael stößt ihn
michi reagiert schnell - ian
oder – äh - nein - ich glaub - ich weiß es nicht
detektiv wie sieht er aus – haarfarbe
michael ich glaube – blond - ja blond
die assistentin vergisst aufs schreiben
und greift zum nagellack
michi und gelockt – blonde locken
melanie und ein stirnband - oder ein haarreifen –
ich weiß nicht was es ist
aber es sieht aus
als ob es über dem kopf schweben würde
und dabei leuchtet es wie gold
es schaut auf allen fotos ein bisschen anders aus
aber es schwebt immer über seinem kopf
detektiv ein heiligenschein - sicher nur eine tarnung
und wahrscheinlich eine billige fälschung
aus dem nahen osten –

und wenn ich sage
naher osten
meine ich nicht naher osten
sondern noch näher
mich täuscht man nicht so leicht
die assistentin stellt den nagellack wieder weg
detektiv   wie sieht die kleidung aus
michi   meistens - äh mit vorliebe - also hauptsächlich -
glaube ich – ein weißes nachthemd
detektiv   weißes nachthemd
zur assistentin   notieren sie das
melanie   ja - mit spitzen – und ganz lang
bis auf den boden - da sieht man gar nicht
dass es immer barfuß ist – auch im winter
erzähler   die assistentin wird hellhörig
und möchte den detektiv
auf etwas aufmerksam machen
doch der ist kurz angebunden
detektiv   schreiben
erzähler   melanie schaut sich im büro neugierig um
michi meint sie laufe weg
michi   hallo - nicht abhauen
detektiv   lass sie ruhig - ich finde sie schon wieder
ist ja mein beruf
bis jetzt habe ich noch alle kinder gefunden
die bei mir als abgängig gemeldet wurden
assistentin   das waren aber noch nicht viele
genauer gesagt ist das heute der erste fall
detektiv   also haben wir noch eine makellose bilanz
100 prozent
und das wird sich auch nicht so schnell ändern
assistentin   *erschrocken*

das heißt wir übernehmen den auftrag nicht
detektiv   doch - natürlich übernehmen wir
und die 100 prozent werden wir trotzdem halten
melanie   ganz bestimmt
entweder 100 prozent erfolg
oder 100 prozent misserfolg
da kann nichts schiefgehen
detektiv   ein kleiner schlaumeier eure schwester - was
zu michael   alter
michael   ääh - 2000
detektiv   *ungläubig*   jahre
michael   ah - nein - tage
er versucht seinen fehler auszubessern
indem er das letzte wort
halb als frage halb als antwort spricht
detektiv   2000 tage - also zirka fünfeinhalb jahre
assistentin   *hebt die hand und räuspert sich vorsichtig*
dann holt sie tief luft
ich denke -
detektiv   baby - wie oft hab ich dir schon gesagt
du bist da um zu schreiben – also
du schreibst
ich denk
lesen sie vor was wir bis jetzt haben
assistentin   genug - ich weiß schon - wer –
der gesuchte ist - darf ich
detektiv   *er schaut sie lange an*
und nimmt dann die füße vom tisch
na gut - ich höre
assistentin   *mit vor freude fast versagender stimme*
das christkind
detektiv   *ungläubig*   das christkind -

assistentin jaaaaaaa
detektiv das christkind gibt es nicht
assistentin *sehr bemüht* dooooch
detektiv das christkind
  wer kann das christkind finden
  vielleicht habt ihr nächstes mal
  einen besseren auftrag – tschüss
melanie *als sie schon fast draußen ist*
  tschüss - mister 100 prozent
  der detektiv schießt mit dem zeigefinger als pistole
  hinter melanie her
  die sehr übertrieben eine beinahe tödlich getroffene mimt
  und sich mit letzter kraft zur tür hinausschleppt
  der detektiv bläst lässig den rauch vom imaginären lauf
erzähler enttäuscht und ratlos
  wird die sekretärin auch in zukunft
  fingernägelpflegend
  zusammen mit ihrem chef
  auf den langersehnten retter ihrer kanzlei warten
  ebenso enttäuscht und ratlos
  stehen die drei christkindsucher auf der straße
  wortlos sehen sie einander an
  keiner möchte aussprechen
  was sich jeder von ihnen denkt

szene 4 - die 4 heiligen 3 könige
erzähler michael und michi beratschlagen
  wie es weitergehen soll
  da nähert sich eine gruppe von leuten
  in seltsamen gewändern
  die sich in einer fremden sprache unterhalten
der erste jänasowitsch – febrarowitsch –

märzarowitsch – ivanowitsch -

der zweite uno – due – tre – quattro – cinque -

der dritte entwederowa – aufiowa – kopftuchowa -
schaumalowa -

der vierte udinese – mozarella – gorgonzola -
capricciosa -

erzähler als sie die drei sehen
verstummen sie und kommen neugierig näher

michael vielleicht können die uns helfen

michi die

melanie uns

der erste wer

der zweite wir

der dritte euch

der vierte wie

michael salami lecker

melanie das heißt salem aleikum

michael wurscht

melanie eben nicht

michael also guten tag - ihr seht aus
als kämt ihr von sehr weit her

der erste *fragend* von sehrweit

der zweite wie meint er das

der dritte was ist sehr weit

der vierte das ist für jeden etwas anderes

der erste vielleicht ist sehrweit eine stadt

der zweite das ist aber sehr weit hergeholt

der dritte wie sollen wir diese frage beantworten

der vierte war das überhaupt eine frage

michael kommt ihr aus dem morgenland

alle vier morgenland

der erste wie meint er das

der zweite das hört sich sehr weit an
der dritte vielleicht liegt sehrweit im morgenland
der vierte ich kenne kein morgenland
alle vier wir kennen kein morgenland
michi *zu michael* für das abendland
  schaun sie mir aber zu orientalisch aus
melanie vielleicht kommen sie nicht ganz
  aus dem morgenland
  sondern nur aus dem vormittagsland
  oder aus dem mittagsland
michael wir suchen das christkind
  es ist doch schon einmal der fall gewesen
  dass 3 weise aus dem morgenland
  das christkind gefunden haben
  helft ihr uns
der erste aber wir sind zu viert *er zählt durch*
  1 – 2 – 3 - 4 – seht ihr
melanie das können keine weisen sein
der zweite außerdem wollen wir euch gar nicht helfen
michael warum nicht
der dritte das wisst ihr nicht
michi michael und melanie neiiiin
der vierte sie wissen es nicht
der erste jedes jahr
  wenn die 3 könige aus dem morgenland
  das christkind finden
  sind die weihnachtsferien zu ende
die anderen drei da machen wir nicht mit
der erste tut uns leid – tschüss
  sie unterhalten sich wieder in ihrer sprache
  und gehen weiter
michael kommt - gehen wir weiter

szene 5 - im internetcafe

erzähler michi erinnert sich
dass er noch ein paar euro in der tasche hat
und lädt melanie und michael
vor dem wahrscheinlich unumgänglichen aufgeben
und nachhausegehen in ein nahegelegenes cafe ein
der wirt steht hinter der bar
die gäste sitzen an einem tisch und spielen karten
die wirtin serviert getränke
michael und seine freunde kommen ins lokal

wirtin ja wen haben wir denn da
was macht ihr denn um diese zeit noch in einem cafe
es ist schon spät
eure eltern werden sich sorgen machen

michael wir suchen das christkind
aber wir können es nirgends finden
können sie uns helfen
die gäste lachen

wirtin ihr findet das christkind nicht - na sowas
und zu ihren gästen meint sie hämisch
sie finden das christkind nicht
die gäste biegen sich vor lachen
wo habt ihr denn schon überall gesucht

michi wir wollten einen detektiv
mit der suche beauftragen –
die gäste brüllen wieder los vor lachen
- aber der hat abgelehnt
abermals gelächter

gast 1 *durchsichtig mitleidig* er hat abgelehnt
das lachen scheint kein ende nehmen zu wollen

melanie - und dann
haben wir die 4 heiligen 3 könige getroffen –

die gäste schauen sie mit offenem mund entgeistert an
- aber die hatten überhaupt keine ahnung
vom christkind
ich glaube die waren gar keine richtigen könige
mit wegwerfenden handbewegungen
wenden sich die gäste wieder ihrem spiel zu
michael   können sie uns helfen
wirtin   ja - wie soll ich euch da helfen
wirt   ich wüsste da schon etwas
   heutzutage findet man doch alles im internet
   versucht es einmal - wir sind ja ein internet-cafe
   und weil bald weihnachten ist
   dürft ihr heute gratis surfen
alle drei   daaaanke
wirt   resi - zeig ihnen den computer
erzähler   michi und michael schöpfen neue hoffnung
   und begeben sich
   in die unendlichen weiten des internets
   melanie schaut interessiert zu
michi   welche adresse soll ich eingeben
michael   na was wohl - wir suchen das christkind
   probiers also mit
   www.christkindl.at
   michi beginnt die adresse hineinzutippen
   at - warum at
michael   na für altes testament
michi   hääää
michael   oder probieren wir es mit nt -
   so wie neues testament
michi   *schaut ihn ratlos an*   hallo
michael   war ja nur ein scherz - mach schon
   michi drückt die eingabetaste

27

michi jaaa - geschafft

michael ich werd verrückt – das gibts ja gar nicht –
das christkindl hat tatsächlich eine homepage

michi *liest vor* postamt christkindl
hättest du das für möglich gehalten
das christkind hat sogar ein eigenes postamt

michael und ich hab immer geglaubt
das ist ein schmäh
wenn meine eltern gesagt haben
ich soll einen brief ans christkind schreiben

michi ich nicht - ich weiß schon lange
dass das wirklich stimmt

melanie ich möchte auch computer spielen

michael schau her melanie - hier hast du mein handy
da ist ein super spiel drauf – schau

michi ok - wie gehts weiter

michael *liest* e-postkarte – geschenksideen –
rund ums christkindl - postamt christkindl –
impressum –
schau einmal bei - -
postamt christkindl
es funktioniert
da – wegbeschreibung – klick das an
dann wissen wir gleich wo es wohnt –
jetzt auf vergrößern

michi also da hat das christkindl sein postamt
in oberösterreich

michael wir müssen unbedingt dorthin - aber wie

michi wir könnten unseren eltern sagen
dass wir mit der schule ein paar tage wegfahren
und in wirklichkeit fahren wir zum christkindl

melanie und das hältst du wirklich für eine gute idee

wenn wir mit einer lüge zum christkind kommen
das christkind merkt das ja
dann bringt es uns heuer keine geschenke
und dabei hab ich mir gerade heuer
so viele sachen gewünscht
michael   du hast recht - schaun wir
vielleicht können wir hier gleich
eine e-mail ans christkind schreiben
gast 1   *lachend*   ich packs einfach nicht
er kann nicht aufhören zu lachen
gast 2   seid ihr wirklich so dämlich
gast 3   soll ich euch sagen
was dieses christkindl wirklich ist - ja
die drei nicken
das ist ein dorf - ihr dummköpfe
gast 4   ein dorf in oberösterreich
und dieses dorf heißt christkindl
nun sind sie sehr enttäuscht
wirtin   macht euch nichts daraus
ihr werdet es schon finden
irgendwann findet ihr es sicher
nun macht aber
dass ihr nach hause kommt
sie gehen im gänsemarsch richtung ausgang
der wirt schreit ihnen nach
wirt   hey -
gleichzeitig und ganz langsam drehen sie sich
noch einmal um
- wenn ich das christkind sehe
sag ich ihm bescheid
wortlos und genauso synchron wie vorhin
drehen sie sich wieder zurück

und verlassen mit hängenden köpfen das lokal
sperrstunde

<u>szene 6 - die wahrsagerin</u>
eine wahrsagerin sitzt an einem tisch - es ist dunkel
nur die kristallkugel vor ihr leuchtet gespenstisch
die drei freunde kommen herein
als sie die wahrsagerin sehen klammern sie sich
vor angst aneinander – sie zittern am ganzen körper
die wahrsagerin legt mit unheimlicher stimme los

Wahrsagerin sôse bênrenki - sôse bluotrenki
sôse lidirenki
bên zi bêna - bluot zi bluoda
lid zi geliden - sôse gelîmida sîn

die zwei jungen beginnen immer heftiger zu zittern
melanie dagegen scheint keine angst mehr zu haben
sie nimmt ihr handy und beginnt damit zu spielen

walle walle manche strecke
dass zu meinem zwecke
informationen fließen
und in meinem kopfe sich ergießen

ohne aufzuschauen redet sie weiter
der blick in die zukunft ist faszinierend
gleich werdet ihr euch hinsetzen
michael drängt michi zu den sesseln
sie setzen sich
melanie bleibt handyspielend neben dem sessel stehen -
michael zieht sie - sie sträubt sich
setzt sich aber endlich doch widerwillig hin
michael und michi sitzen mit gesenkten köpfen da
die wahrsagerin fixiert michael
du da - *michael hebt den kopf*

er blickt die anderen fragend an
michael   ich heiße michael
wahrsagerin   weiß ich
michael   wieso wissen sie das
wahrsagerin   das hab ich schon
   vor deiner geburt gewusst - ich bin hellseherin
michael   aber -
wahrsagerin   in exakt 10 sekunden
   wirst du der kleinen anbieten
   mit dir platz zu tauschen
   weil sie neben ihrem bruder sitzen will
melanie   *zählt leise aber doch gut hörbar mit*
   zehn - neun - acht - sieben - sechs – fünf - vier –
   drei - zwei - eins - jetzt
michael   komm melanie - setz dich hierher
   du möchtest doch sicher neben deinem bruder sitzen
melanie   *ohne vom handy aufzuschauen*   ist mir egal
   sie wechseln die plätze
wahrsagerin   du - *sie zeigt auf michi*
michi   michi
wahrsagerin   weiß ich
   du wirst deiner kleinen schwester gleich befehlen
   endlich das handy wegzugeben
   keine reaktion – endlich wird es melanie zu bunt
melanie   jetzt mach endlich
   ihr tut ja sowieso alles was sie sagt
michi   gib jetzt dein handy weg
   merkst du nicht dass sie das nervös macht
wahrsagerin   *sie zeigt ihm mit einer hand die krallen*
   und richtet dann den zeigefinger auf ihn
   schweig – was wollt ihr hier
melanie   *zu ihrem bruder*

sie fragt obwohl sie eine hellseherin ist
michi deutet ihr mit dem zeigefinger vor dem mund
leise zu sein
wahrsagerin was redet dieser kleine neunmalklug
selbstverständlich weiß ich was ihr wollt
sie schaut in die kugel
da sehe ich es schon
ihr wollt das christkind finden
aber warum kommt ihr damit zu mir
melanie das müsste sie auch wissen
michi psssscht
michael wir suchen jetzt schon so lange
und sie können uns sicher sagen
ob es sich lohnt weiterzusuchen
oder ob wir die suche abbrechen können
weil wir es eh nicht finden werden
wahrsagerin wer schickt euch
melanie die fragt immer
obwohl sie behauptet eh alles zu wissen
wahrsagerin jaaaa - ich weiß alles
sie schaut wieder in die kugel
und ich weiß auch
wer vaters lieblingsbierglas zerbrochen hat
michi *sieht sich schuldbewusst um*
das wissen sie
wahrsagerin nicht nur das
ich weiß auch
warum du damals beschuldigt worden bist
soll ich es sagen
melanie nein - bitte nicht
michi schaut melanie empört an
wahrsagerin und ich weiß auch

wer seinem bruder
demnächst ein ganz großes eis kaufen wird
natürlich vom eigenen taschengeld
melanie *ganz freundlich zu ihrem bruder*
ich wollte dir heute sowieso eines kaufen
welches hast du denn am liebsten
wahrsagerin und wie war das gestern in der schule
michael konnte seine jause nicht mehr finden
wer hat sie ihm wohl weggegessen – michi
michi *entschuldigend zu michael*
tut mir leid - ich hab mir gedacht -
michael was - du hast einfach meine jause gegessen
wahrsagerin und ich weiß auch
wer zu seinem freund immer sagt
musst du deine schwester -
diese kleine nervensäge - immer mitnehmen
melanie nervensäge - du meinst also
ich sei eine nervensäge
es entwickelt sich ein heftiger streit unter den dreien
die wahrsagerin zieht sich ihr großes schwarzes tuch über
und sitzt bewegungslos da
endlich kommt michael zur vernunft
michael schluss - jetzt hört endlich auf zu streiten
das bringt doch nichts
hören wir uns lieber an
was uns die wahrsagerin zu sagen hat
sie wenden sich ihr zu
doch die sitzt nur da und reagiert überhaupt nicht
schläft sie
michi sieh doch einfach nach
michael nähert sich ihr vorsichtig
und prüft mit der hand vor ihrem gesicht

ob sie ihn sehen kann – wieder keine reaktion
er berührt sie zaghaft mit einem finger – nichts
da zieht er ihr das tuch mit einem ruck weg
und sieht
nichts –
die wahrsagerin ist verschwunden
die drei sind sprachlos – endlich fängt sich michael
michael das habt ihr nun von eurer streiterei
michi was machen wir jetzt
melanie schaut
   da liegt ein prospekt von einem reisebüro
   das bringt mich auf eine idee
   alles mir nach

szene 7 - im reisebüro
   die drei gehen zum reisebüro
   und studieren im schaufenster die angebote
erzähler melanies idee ist einfach aber sehr gut
   zumindest glaubt sie das
   und es gelingt ihr mit ihrer –
   ihr seit der geburt angeborenen
   genauer gesagt müsste es heißen
   seit ihrer zeugung angezeugten –
   hartnäckigkeit
   auch die beiden anderen davon zu überzeugen
   dass man hier im reisebüro fündig werde
   und tatsächlich entdeckt sie bald schon
   etwas brauchbares
   aber michi ist noch ein wenig skeptisch
melanie da schaut her - ich habs
   betlehem - das ist es
michi und sollen wir jetzt nach betlehem fliegen

oder wie

melanie sei nicht albern

nein - wir gehen jetzt da rein

und setzen uns über die reiseveranstalter

mit betlehem in verbindung

wenn sie flüge dorthin anbieten

dann haben sie auch telefonnummern von hotels

und in hotels arbeiten einheimische

und von denen wird schon irgendwer wissen

wo das christkind wohnt

michael das klingt sehr gut - gehen wir hinein

erzähler drinnen gibt es zwei angestellte

beide beraten gerade je einen kunden

unsere drei suchenden müssen warten

endlich wird der eine platz frei

angestellte hallooo ihr drei

was kann ich für euch tun

wollt ihr verreisen

wohin soll es gehen

ins hotel mama – nach balkonien

melanie wir brauchen ein hotel in betlehem

nichts vornehmes - eher etwas am stadtrand

angestellte am stadtrand

sie blättert im katalog

welches betlehem meint ihr überhaupt

das betlehem in pennsylvania

oder das in west virginia

da gibt es noch eins in den usa - in new hampshire

kollegin in südafrika gibt es auch ein betlehem

es liegt an einem fluss namens jordan

michael jordan - das hört sich gut an

kollegin in tirol gibts auch eines

in der nähe von landeck - da hättet ihr nicht so weit

michi *zu melanie* und was jetzt
wie sollen wir da jemals das richtige finden

melanie ich hab doch auch nicht gewusst
dass es so viele betlehems gibt

michi wie hat eigentlich das christkind damals
das richtige gefunden

angestellte das christkind
meint ihr etwa das betlehem in israel
das aus der bibel

melanie ja genau – das meinen wir
schnell - rufen sie an

angestellte am stadtrand
da hätte ich etwas
hotel zur krippe
inhaber ist ein gewisser herr s l ochs

melanie rufen sie schon an

angestellte *wählt und muss lange warten*
endlich scheint sich jemand zu melden
- -
ja hallo – ist dort das hotel zur krippe

melanie so und jetzt fragen sie
ob bei ihnen damals
das christkind zur welt gekommen ist
und wo es heute wohnt

angestellte *plötzlich ziemlich unfreundlich*
was wollt ihr - und dafür nehme ich mir zeit
das ist doch – eine frechheit ist das

kollegin jetzt frag doch einfach nach
kann ja sein dass sie etwas wissen

angestellte *zögernd und eher widerwillig*
hallo - sind sie noch da

- -

aus österreich – austria

- -

nein - nicht das mit den kängurus - das andere

- -

ja – mozartkugeln - ja

- -

sisi – ja - die auch

- -

- -

ah - sie sind ein praktikant - ein austauschstudent

- -

aha - aus japan

- -

ja – auch lipizzaner gibt es bei uns

- -

ja

- -

ja

- -

ja - machen sie das

es wird ihnen bestimmt gefallen

hören sie - ist vielleicht auch der herr ochs in der nähe

- -

kann ich mit ihm sprechen

- -

danke

grüß sie - herr ochs

ich habe eine etwas ungewöhnliche frage

wissen sie

ob das christkind noch bei ihnen in betlehem wohnt

- -

aha - möglicherweise umgezogen
und wissen sie auch wohin
- -
weihnachtsinsel – ja das könnte ein guter tipp sein
danke auf wiederhören
schönen gruß noch an ihren praktikanten
sie legt auf
ja - ihr habt es gehört
michael und -
haben sie die weihnachtsinsel
auch in ihrem programm
angestellte welche
die im pazifik die zu kiribati gehört
oder die im indischen ozean die zu australien gehört
michael welche schlagen sie vor
angestellte auf der australischen weihnachtsinsel
könnte man leichter jemanden finden
dort leben nur ca 350 menschen
michi und – haben sie die im programm
angestellte nein
michi und die andere
angestellte auch nicht – leider
da kann ich euch nicht helfen
aber vielleicht können wir trotzdem
irgendwann einmal einen urlaub für euch buchen
melanie *beim hinausgehen und sehr verärgert*
nicht nötig
den wünschen wir uns vom christkind

szene 8 - die sterngucker
erzähler auf dem nachhauseweg
erinnert sich michael

38

eines netten alten ehepaares in der nachbarschaft
das er schon öfter
mit einem teleskop die sterne beobachten sah
er schlägt vor
diesen letzten versuch noch zu machen
weil ja schließlich auch den drei weisen damals
ein stern den weg gewiesen habe
sie bitten die beiden
ihnen das teleskop für kurze zeit zu borgen
mann   passt mir aber gut auf auf dieses gerät
es ist schon ein sehr altes und wertvolles stück
frau   aber lass sie doch
das sind ja eh so nette kinder
mann   nette kinder
wo gibts denn sowas heutzutage noch
frau   na zum beispiel hier - direkt vor deiner nase
mann   lass meine nase aus dem spiel
die hat mich übrigens noch nie im stich gelassen
ich rieche katastrophen
frau   die einzige katastrophe hier bist du
zu den kindern aber meint sie sehr freundlich
nehmt es nur - und viel glück bei eurer suche
lebt wohl
mann   wenn das nur gut geht
erzähler   für ihre beobachtungen
wählen michi und michael
eine kleine anhöhe knapp außerhalb des dorfes
weil dort der blick auf die sterne viel klarer ist
als im schein der neuen weihnachtsbeleuchtung
die der bürgermeister
erst vor kurzem stolz präsentiert hat
michi   hätte ich nie geglaubt

dass die uns ihr teleskop borgen
michael *hat inzwischen einen geeigneten platz gefunden*
dieser platz ist super
hier sieht man die sterne ganz deutlich
michi *zu melanie*
du bleibst in meiner nähe - es ist schon finster
erzähler mit diesen worten
wendet er sich seinem freund zu
der schon intensiv mit dem teleskop beschäftigt ist
seine schwester
sieht den beiden einige zeit interessiert zu
dann kann sie sich nicht mehr zurückhalten
melanie wisst ihr überhaupt wo ihr suchen müsst
michael *ohne aufzuschauen* noch nicht
melanie das christkind
kommt doch immer zu weihnachten
michael haha - danke für den tipp
die beiden jungen lassen sich nicht weiter stören
melanie und warum kommt es zu weihnachten -
weil es da geburtstag feiert
melanie fragt unbeirrt weiter
und gibt sich auch die antworten gleich selber
und warum feiert es zu weihnachten geburtstag –
weil es am 24sten dezember geboren wurde
die beiden sterngucker beachten sie gar nicht
und was ist es
wenn es am 24sten dezember geboren wurde -
ein steinbock
das sternzeichen des christkindls ist der steinbock
michael und michi wenden sich langsam
und mit wachsendem interesse wieder melanie zu
ich würde im steinbock suchen.

michi   melanie - du bist super
  sagst du uns jetzt noch
  wo wir den steinbock finden
melanie   den steinbock -
  sieht man -
  sie spannt die beiden richtig auf die folter
  im dezember -
michael   *kann es nicht mehr erwarten*
  na sags schon
melanie   **-** gar nicht -
michi und michael
  können ihre enttäuschung nicht zurückhalten
  oooooh
melanie   - weil genau im dezember
  die sonne davorsteht
  ja - so ist das mit den sternzeichen
michael   komm - wir suchen weiter
erzähler   sie vertiefen sich wieder in die suche
  und merken nicht
  dass sich melanie immer weiter von ihnen entfernt
michi   *nach langer pause*
  kann man den steinbock vielleicht doch sehen -
  melanie
  keine antwort - er schaut auf
  melanie
  melanie - wo bist du schon wieder
  sie ist weg – michael - melanie ist weg
  wir müssen sie suchen
  sie kommen an einen abhang
  die wird doch nicht etwa da hinuntergefallen sein
  er ist den tränen nahe   weil sie immer wegläuft
  komm - wir müssen da hinunter

szene 9 - das christkind
erzähler mit tränen in den augen
und von der angst getrieben
steigen sie den abhang hinunter
unten angekommen
sehen sie michis kleine schwester regungslos liegen
michi da - da vorne liegt sie – schnell
die rührt sich überhaupt nicht – melanie
erzähler sie knien bei ihr nieder
wissen in ihrer verzweiflung aber nicht
was sie tun sollen
als michi sie vorsichtig und ängstlich berührt
schlägt melanie die augen auf und lächelt selig
melanie ich hab das christkind gesehen
sie setzt sich auf und schwärmt
es hat mich aufgefangen und hierher gelegt
das war so schön
michael *stößt michi an*
die ist vollkommen unverletzt
michi tut dir etwas weh – melanie
melanie nein - mir geht es gut
michi und michael betrachten sie kopfschüttelnd
michi unglaublich
kommt - gehen wir jetzt nach hause
erzähler froh dass es so glimpflich ausgegangen ist
machen sie sich auf den weg
michael dreht sich noch einmal um
und betrachtet den ort des geschehens nachdenklich
michael nun wissen wir dass es ein christkind gibt

1st christmas

<u>vor der ersten szene – die vorgeschichte</u>
  kein licht – es ist nichts zu sehen
  josef und maria liegen im bett
  plötzlich eine stimme aus dem dunkel
gabriel sei gegrüßt du begnadete - der herr ist mit dir
  keine reaktion die stimme wird deutlich lauter
  sei gegrüßt du begnadete
maria pscht - nicht so laut
  du weckst ja das ganze haus auf
  was willst du - und wer bist du überhaupt
gabriel sei gegrüßt du begnadete -
maria ja - du auch
gabriel - der herr ist mit dir
maria ja er ist da - aber er schläft - also sei leise
  wer bist du überhaupt - wie kommst du da herein
gabriel fürchte dich nicht maria
  denn du hast bei gott gnade gefunden
  du wirst ein kind empfangen
  einen sohn wirst du gebären
  dem sollst du den namen jesus geben
maria was *sie erschrickt*
  setzt sich auf und zündet eine kerze an
  josef - wach auf und hör dir das an
  er reagiert nicht daher wird maria lauter
  josef
josef was ist denn los - lass mich schlafen
maria nein - jetzt wach schon auf und hör dir das an
  josef hebt den kopf
  zu gabriel los - wiederhol das

was du eben gesagt hast
gabriel - einen sohn wirst du gebären
dem sollst du -
maria nein – alles - von anfang an
gabriel sei gegrüßt du begnadete - der herr ist mit dir
denn du hast bei gott gnade gefunden
du wirst ein kind empfangen
einen sohn wirst du gebären
dem sollst du den namen jesus geben
maria *zu josef* und - was sagst du dazu
josef richtet sich blitzartig auf
josef du bist schwanger – von wem
maria ich bin nicht schwanger
das hätte ich dir doch gesagt
josef was redet der dann – he - wer bist du überhaupt
wie kannst du so etwas behaupten
gabriel mich geht das alles
genau genommen gar nichts an
ich soll nur diese botschaft überbringen
für den inhalt bin ich nicht verantwortlich
ich bin der erzengel gabriel
maria *ganz ehrfürchtig* der heilige erzengel gabriel
gelobt sei jesus christus
gabriel so weit sind wir noch nicht
jetzt müssen wir ihn erst einmal zur welt bringen
josef immer mit der ruhe
erstens sind wir nicht schwanger
und zweitens - wenn du dir einbildest
der erzengel gabriel zu sein
dann hast du ein problem das wir nicht lösen können
maria aber josef - redet man so mit einem erzengel
josef erzengel - und du glaubst diesen unsinn

zu gabriel – sarkastisch
können sie sich irgendwie ausweisen - herr erzengel
personalausweis zum beispiel
leumundszeugnis oder so
maria   nimm das nicht ernst - heiliger erzengel gabriel
er meint es nicht so
josef   natürlich meint er es so -
und der vater dieses kindes
das du da angeblich kriegst
ist wohl der heilige geist - oder wie
maria   ja - da wollte ich auch noch einmal nachfragen
wie soll das geschehen
da ich doch keinen mann erkenne
gabriel   so wie josef gesagt hat
der heilige geist wird über dich kommen
und die kraft des höchsten wird dich überschatten
deshalb wird auch das kind heilig
und sohn gottes genannt werden
maria   das hört sich sehr gut an
danke - heiliger erzengel gabriel – danke
damit machst du uns eine ganz große freude
was meinst du josef - sollen wir das machen
josef   sollen wir das machen - sollen wir das machen
es scheint ja eh schon beschlossene sache zu sein
maria   danke josef - du bist ein schatz
josef   aber über den namen müssen wir noch reden –
jesus –
so kann man doch sein eigenes kind nicht taufen
wie wärs mit elvis oder justin oder -
maria   ja - schon gut - wir reden morgen darüber
schlaf jetzt - gute nacht
sie löscht die kerze wieder aus

szene 1 - reisevorbereitungen

das licht geht an - josef steht reisefertig mit dem esel da
alles was er bei sich hat
ist ein leichter sack mit ein paar habseligkeiten
den er sich über die schulter geworfen hat
er wartet schon ungeduldig auf maria

maria *laut schreiend von drinnen*
hast du den esel schon gefüttert

josef *genauso laut*
schon zweimal - kommst du jetzt
oder warten wir gleich auf die nächste volkszählung

maria hast du dich eigentlich schon erkundigt
wo wir uns melden müssen

josef in betlehem - aber wenn wir nicht bald losgehen
schaffen wir es sicher nicht bis am abend
längere pause – josef versucht ruhig zu bleiben
wie hat dieser gabriel das gemeint

maria was

josef dass du schwanger bist
bist du nun schwanger - oder nicht
längere pause –
dann steckt maria den kopf zur tür heraus
und redet in normaler lautstärke

maria schon - aber nicht so
wie man normal schwanger ist
sie zieht den kopf wieder zurück

josef *in normaler lautstärke zu sich selbst*
nicht so wie man normal schwanger ist
er schüttelt verärgert den kopf
und wendet sich dann wieder mit voller lautstärke
an seine lebensgefährtin
warum können wir nicht

46

ein ganz normales kind haben
wie alle anderen auch
maria wer hat denn heutzutage
noch ein normales kind
josef alle die ich kenne
maria wen kennst du schon
josef ist sprachlos und zeigt das dem publikum deutlich
wir werden ein ganz besonderes kind haben
ein richtiges wunderkind
josef was soll ich denn mit einem wunderkind
es würde mir doch niemand glauben
dass das mein kind ist
maria *steckt wieder den kopf heraus und sagt eher leise*
ist es ja auch nicht
josef *auch eher leise* und willst du das jetzt
an die große glocke hängen - oder wie
am ende schreibt das auch noch
einer von diesen evangelisten
wieder eine längere pause
während der josef schon merklich ungeduldiger wird
schließlich fragt er wieder in voller lautstärke
was machst du denn so lange
maria ich muss mir doch
ein paar kleinigkeiten zusammensuchen
wenn wir den ganzen tag unterwegs sein wollen
josef und kleinigkeiten dauern so lange
maria nur wenn man so ungeduldig ist wie du
josef bei deinem zeitbegriff
wird selbst der esel ungeduldig
maria dann füttere ihn
josef ich habe ihn schon gefüttert - komm jetzt
maria ich komme

sie kommt – hochschwanger
in jeder hand einen koffer
ein bündel unter einen arm geklemmt
auf der anderen schulter eine handtasche
und einen rucksack umgehängt
josef was ist denn das
maria was meinst du
josef die kleinigkeiten
maria welche kleinigkeiten
josef genau das frage ich mich auch
und wer soll die alle tragen - diese kleinigkeiten
maria entweder der –
sie betont das der als demonstrativpronomen
sodass josef – der das nicht merkt –
sich mit seinem zwischenruf selber zum esel macht
josef esel
maria - oder du
josef na super
maria lässt die beiden koffer stehen
das bündel einfach fallen und setzt sich
nur mit der handtasche elegant auf den esel
maria soda - los gehts
josef bleibt nichts anderes übrig
als alles an sich zu nehmen
irgendwie schafft er es
auch noch die leine in eine hand zu klemmen
dann marschiert er los

szene 2 - die heiligen 3 könige suchen das kind
mutter und kind sind mit einem würfelspiel beschäftigt
der vater geht unruhig auf und ab
seine frau wirft ab und zu einen besorgten blick auf ihn

dann stellt sie ihn endlich zur rede
wirtin warum setzt du dich nicht her
und spielst eine runde mit uns
daniel ja - spiel mit – bitte
er bleibt stehen und schaut sie an
der bub streckt ihm die würfel entgegen
wirt alle sind voll – alle
in ganz betlehem
ist kein einziges zimmer mehr zu haben
der bub wendet sich enttäuscht wieder ab
und möchte weiterspielen - die mutter meint warten
wirtin mach dir doch nicht so unnötige sorgen
wenn wirklich alle zimmer belegt sind
müssen die nächsten gäste
auf jeden fall zu uns kommen
da bleibt ihnen doch gar keine andere wahl
daniel da hat sie recht - und jetzt komm und spiel mit
wirtin - und vielleicht kommen zu uns dann
ganz besondere gäste
um die uns alle beneiden werden
der wirt überlegt noch einige zeit
als ob er eine antwort geben wolle
dann beginnt er wieder
ohne auch nur ein wort gesagt zu haben
im zimmer auf und ab zu gehen
mutter und kind spielen weiter
plötzlich klopft jemand an der tür
na - was hab ich dir gesagt - da sind sie schon
wirt was können das für gäste sein
die um diese zeit noch daherkommen
wirtin was willst du eigentlich
zuerst jammerst du weil niemand kommt

und jetzt jammerst du weil jemand kommt
wirt   aber um diese zeit -
daniel   ich schau wer da ist
wirt   würdest du wirklich
um diese zeit noch jemand ins haus lassen
wirtin   ja - würde ich
der bub kommt ganz aufgeregt zurück
daniel   da draußen - da draußen sind -
wirtin   na red schon - wer ist da
daniel   ich – ich weiß es nicht
solche leute habe ich noch nie gesehen
wirt   na - was hab ich dir gesagt
wirtin   jetzt red nicht lang herum - lass sie herein
wirt   ich lass um diese zeit sicher niemand mehr herein
wirtin   gut - dann mache ich es
sie geht hinaus
und kommt sofort wieder freudestrahlend zurück
ich habe recht gehabt
das sind wirklich besondere gäste
mach den tisch sauber und hol noch ein paar sessel
damit sie sich wohl fühlen bei uns
der wirt kommt den anordnungen widerwillig nach
als alles bereit ist führt seine frau die gäste herein
es sind vier orientalische könige
herzlich willkommen in unserem bescheidenen haus
das ist mein mann - und das ist daniel - unser bub
daniel   seid ihr wirklich echte könige
die vier setzen sich majestätisch hin
der vierte   ja kleiner - wir sind wirklich echte könige
aber erzähl es nicht herum
es muss niemand wissen dass wir da waren
wirt   *argwöhnisch*   warum nicht

der vierte aus datenschutzgründen
  es wird ja heutzutage schon alles
  irgendwo niedergeschrieben
  und wer weiß
  in wessen hände diese schriften gelangen
daniel und warum kommt ihr ausgerechnet zu uns
wirtin du bist jetzt ruhig - jetzt reden die erwachsenen
  warum kommt ihr ausgerechnet zu uns
daniel hab ich eh schon gefragt
wirt sei nicht so frech zu deiner mutter
  und jetzt bist du überhaupt ruhig
  warum kommt ihr ausgerechnet zu uns
  der bub zeigt mit ausgebreiteten armen
  wie unnötig er
  diese abermalige wiederholung seiner frage findet
wirtin könige - hier bei uns
  da verschlägt es einem ja fast die rede
  aber warum kommt ihr ausgerechnet zu uns
  der bub schlägt beide hände vors gesicht
kaspar wir wollen das kind sehen und ihm huldigen
  wo ist es
wirt und wirtin das kind
  die frau zeigt ganz erstaunt auf ihren sohn
wirtin unser kind
melchior nein - doch nicht euer kind
  wir suchen den neugeborenen könig der juden
  der bei euch im stall
  in der krippe zur welt gekommen ist
balthasar so wie es die propheten vorhergesagt haben
wirt wer hat euch diesen unsinn erzählt
  die propheten - die kenne ich nicht
  bei uns im stall ist niemand zur welt gekommen

der vierte habt ihr sie weggeschickt
wirtin wen
der vierte die heilige familie
wirtin heilige familie - neugeborener könig der juden
  ich weiß gar nicht wovon ihr redet
  dann ganz verzweifelt zu ihrem mann
  sag du etwas
wirt ich hab ja gleich gesagt dass man um diese zeit -
wirtin ok - sag lieber doch nichts
kaspar ihr habt sie weggeschickt - das ist sehr schade
melchior wisst ihr wenigstens wo sie jetzt sind
balthasar wo können wir sie finden
wirt ich glaube - es ist besser wenn ihr jetzt wieder geht
der vierte ihr schickt also uns auch weg
wirt nicht auch - sondern nur euch
kaspar wie soll sich da die schrift erfüllen
der vierte hör auf damit - ich möchte gar nicht
  dass mein name in irgendwelchen schriften auftaucht
melchior wir kennen deine phobie
  bezüglich datenmissbrauch
  aber das müssen wir nicht jetzt diskutieren – oder
der vierte ich weiß
  dass ihr dieses problem nicht ernst nehmt
balthasar stimmt
der vierte aber ihr werdet an mich denken
  wenn eure daten
  in sämtlichen glaubensbüchern aufscheinen
  der datenmissbrauch
  wird zum größten problem der menschheit werden
  ihr werdet sehen
kaspar wie auch immer - so geht das nicht
  zum hausherrn habt ihr einen ochsen im stall

wirt ja – warum

melchior es passt

balthasar es passt alles

der vierte es ist richtig unheimlich
wie die daten alle zusammenpassen

kaspar wie konntet ihr diese armen leute
einfach wegschicken
was bildet ihr euch eigentlich ein

melchior glaubt ihr wirklich
ihr könnt euch einfach
über die ganze biblische geschichte hinwegsetzen
und alles durcheinanderbringen

wirtin *indem sie sich vor ihren mann schiebt*
nehmt das alles nicht so persönlich
wenn ihr bei uns übernachten wollt
könnt ihr gerne bleiben
darf ich euch die zimmer zeigen

balthasar nein danke - wir müssen weiter
wir müssen das kind in der krippe finden
sie gehen beleidigt weg

der vierte *dreht sich noch einmal um*
warum habt ihr sie nur weggeschickt

szene 3 - gabriel kündigt die heilige familie an
die familie bleibt ziemlich ratlos zurück
lange stehen sie alle drei einfach da

daniel *zu seiner mutter* spielen wir weiter
sie willigt ein
ihr mann geht wieder nachdenklich auf und ab

wirt hab ich nicht recht gehabt

wirtin *ironisch* ja natürlich - du hast immer recht
er bleibt stehen und schaut sie sehr ernst an

wirt   sag jetzt bloß die vier waren dir geheuer
  er geht weiter auf und ab ohne eine antwort abzuwarten
  sie möchte weiterspielen
  dann setzt sie das gespräch doch fort
wirtin   was sie wohl gemeint haben
wirt   wir sollten die polizei rufen
daniel   und ihr glaubt wirklich
  dass die polizei könige verhaften kann
wirt   nie und nimmer waren das könige
daniel   ich hab sie cool gefunden
wirt   schwindler waren das - das sag ich dir – betrüger
  wer weiß was die wirklich suchen
wirtin   du kannst doch nicht immer
  nur das schlechte in einem menschen vermuten
  wenn du ihn gar nicht kennst
  der erzengel gabriel erscheint plötzlich im raum
  und mit ihm der engellehrling angelo
gabriel   deine frau spricht recht
  und eurem haus wird große ehre zuteil werden
daniel   wow - ein engel
angelo   zwei
daniel   *zu angelo*   du bist auch schon ein engel
  gabriel zeigt ihnen mit einer handbewegung
  unmissverständlich
  dass sie ruhig sein sollen
gabriel   fast - er macht noch seine lehre
wirtin   *überwältigt*   der heilige erzengel gabriel
wirt   wieso kennst du den
wirtin   den heiligen erzengel gabriel kennt man einfach
wirt   ich nicht
  der lehrling nimmt daniel an der hand
  und führt ihn in eine ecke

wo er ihm zeigt
was er in der engellehre schon alles gelernt hat
daniel ist begeistert
der erzengel wendet sich wieder den hausleuten zu

gabriel wie gesagt
eurem haus wird große ehre zuteil werden
ihr werdet den höchsten besuch empfangen dürfen
der neue könig der juden wird hier geboren werden

wirt *empört* wer sagt das

gabriel ihr werdet josef und maria
einlass in euer haus gewähren
und ihnen eine unterkunft geben

wirt wem

gabriel maria wird in einer krippe in eurem stall
ein kind gebären und es wird
sohn des allerhöchsten genannt werden

wirt na das werden wir sehen

wirtin ja - das werden wir
wir werden den sohn gottes als erste sehen
weil er in unserem haus zur welt kommen wird
danke - lieber erzengel gabriel – danke
du weißt gar nicht
welch große freude das für uns bedeutet
das beste zimmer werden wir ihnen geben
zu ihrem mann stimmts

wirt *versucht noch einmal es zu verhindern*
sicher nicht
hat aber keine chance

gabriel gut - dann wäre also alles klar
er ruft seinen lehrling angelo

angelo warte kurz
diesen einen trick möchte ich ihm noch zeigen

55

er führt einen kartentrick vor
der funktioniert aber nicht - da greift gabriel ein
gabriel   ist es vielleicht die
er zeigt eine karte und tatsächlich ist es die gesuchte
angelo und daniel können es –
aus unterschiedlichen gründen - nicht fassen
du musst noch viel lernen
nach diesen worten schweben beide engel wieder davon
die wirtsleute setzen sich wieder hin
und spielen weiter

szene 4 - die heilige familie kommt
nach einiger zeit unterbricht der bub das spiel
daniel   ich möchte auch die engellehre machen
wirt   was willst du
daniel   zu einem engel in die lehre gehen
wirt   so ein blödsinn
  du lernst einen ordentlichen beruf – basta
  spielen wir weiter
wirtin   man kann nicht einfach
  zu einem engel in die lehre gehen
daniel   warum nicht - angelo macht es ja auch
wirt   *äfft ihn nach*
  angelo macht es ja auch – es geht nicht
daniel   aber warum nicht
wirt   weil - weil engel –
  wenn es sie überhaupt gibt - tot sind
wirtin   natürlich gibt es engel
wirt   aber sie leben nicht
daniel   angelo schon - du hast ihn doch selber gesehen
  und mir gefällt was er macht
wirt   von kartentricks kann man nicht leben

daniel   das muss man als engel ja auch nicht
  weil man sowieso tot ist
  sein vater ringt nach worten
  hast du vorhin gesagt
wirt   engel ist kein beruf für dich – und schluss jetzt
wirtin   lass ihn doch
wirt   was heißt lass ihn - - engel werden vielleicht
wirtin   nein - in ruhe – lass ihn einfach in ruhe
  und jetzt spielen wir weiter
  während des spiels streut daniel sätze ein wie
  wie würde angelo jetzt würfeln
  was würde angelo jetzt tun
  angelo würde bestimmt – -
  sein vater reagiert jedes mal verärgert
  da klopft es wieder an der tür - die wirtin springt auf
  das werden unsere gäste sein
  ich bin schon so gespannt
wirt   überspannt bist du - meine liebe – überspannt
wirtin   solche gäste hatten wir ja auch noch nie
  niemand in betlehem hat jemals solche gäste gehabt
wirt   abwarten
wirtin   da gibt es nichts mehr abzuwarten
  ich lasse sie jetzt herein
  sie geht zur tür und kommt mit der heiligen familie herein
  setzt euch - ihr seid sicher müde von der langen reise
  nimm ihm die koffer ab – jakob - - jakob
  der wirt kommt der aufforderung widerwillig nach
  und staunt nicht schlecht über das gewicht des gepäcks
wirt   wollt ihr nach amerika – oder was
daniel   papa - amerika ist ja noch gar nicht entdeckt
wirt   nur ein scherz - mein sohn - ein kleiner scherz
  josef schaut ihn entgeistert an

du bist also josef

josef genau - und das ist maria - meine verlobte
wir suchen ein zimmer

wirtin ich bin schon unterwegs
ich werde unser bestes zimmer für euch herrichten

maria danke - ihr seid nette leute

wirt moment – nur nicht so voreilig
könnt ihr euch dieses zimmer überhaupt leisten

josef ich glaube nicht - denn -

wirt aah - das ist ein gewiefter verhandler
na gut - ich mache dir ein angebot
drei denare für euch beide für eine woche
was sagst du dazu

josef und maria schauen einander traurig an

maria ich fürchte
das ist nicht die richtige adresse für uns

wirt nicht die richtige adresse
natürlich ist es die richtige adresse für euch

wirtin das hat auch der heilige erzengel gabriel gesagt

daniel angelo hat mir auch gesagt
dass ihr hier wohnen werdet

wirt für zwei denare
könnt ihr das billigere zimmer haben

wirtin es ist genauso schön - nur etwas kleiner

daniel na super - und wo soll ich dann schlafen

maria du kannst in deinem zimmer bleiben
wir können es uns eh nicht leisten

daniel *triumphierend mit geballter faust* ja

wirt na gut - mein letztes angebot
eineinhalb denare und der esel kann im stall stehen
und kriegt futter

daniel *enttäuscht* nein

josef es tut mir leid
  wir können euch das nicht bezahlen
wirt *zu seiner frau* er ist ein harter brocken
  aber ich krieg ihn - pass auf
  zu josef
  mach du ein angebot - wieviel möchtest du bezahlen
josef ich möchte alles bezahlen was ihr verlangt -
wirt *mit triumphierendem blick zu seiner frau*
  na also - wer sagts denn - schlag ein
josef - aber ich kann nicht - wir haben kein geld
wirt was - ihr kommt ohne geld daher
  und wollt ein zimmer - wie stellt ihr euch das vor
  gabriel und angelo erscheinen wieder
gabriel ihr habt das falsch verstanden
  das kind wird in eurem stall
  in einer krippe zur welt kommen – alles klar
wirt ach so
  die vier könige kommen daher
  was wollt ihr schon wieder
gabriel ihr seid zu früh
  das kind ist noch nicht geboren
der vierte schon wieder - jetzt reichts mir aber langsam
  lassen wir unsere geschenke da und verschwinden wir
  sonst weiß bald das ganze römische reich
  dass wir da waren
gabriel nichts da - ihr kommt wie ausgemacht
  und keine minute früher – verstanden
  jetzt werden wir diesen ersten heiligen abend
  doch wohl hinkriegen - sapperlot noch einmal
  die könige gehen wieder
  gabriel wendet sich josef und maria zu
  kommt mit - ich zeig euch den stall

beim hinausgehen meint er verärgert
das ist die letzte geburt eines erlösers
die ich organisiere - da könnt ihr euch sicher sein
die wirtsfamilie bleibt allein zurück
daniel und wo hättet ihr geschlafen
wenn sie das teure zimmer genommen hätten
wirt und wirtin in deinem
daniel und iiich

szene 5 - bei der krippe
maria kniet auf der einen seite der krippe
josef steht auf der anderen
maria wirft immer wieder einen blick auf das kind
und lächelt selig
hinter einer zweiten futterkrippe stehen ochs und esel
maria ist das nicht ein unglaubliches kind
josef ja – unglaublich - das trifft es gut
lange pause
maria bist du glücklich – josef
josef glücklich - bin ich glücklich - ich weiß es nicht
ich habe dir und dem erzengel versprochen
dass ich dieses ding
gemeinsam mit dir durchziehen werde
und das mache ich - du kannst dich auf mich verlassen
aber ob ich glücklich bin – ich weiß es nicht
maria beginnt leise zu weinen
jetzt wein doch nicht
im moment haben wir eh alles was wir brauchen
maria ich weine ja gar nicht
es ist viel mehr die freude darüber
dass wir zwei
für eine so große sache auserwählt worden sind

stell dir nur vor
wieviel freude uns dieses kind noch machen wird
und wie viele menschen es glücklich machen wird -
erlösen wird

josef   na hoffentlich hast du recht
ich weiß nicht ob wir uns da so sicher sein können
genau genommen ist es ja gar nicht unser kind
das alles war auch gar nicht unser plan
und wer weiß was da noch alles geplant ist

maria   warum bist du so misstrauisch
vor dir liegt der sohn gottes
und du bist gerade dabei dich schwer zu versündigen

josef   wir hätten uns einfach genauer erkundigen sollen
den sohn gottes großziehen
wer hat mit so etwas schon erfahrung
ein ordentlicher vertrag hätte nicht geschadet

maria   sei still - ich glaube da kommt jemand
die wirtin kommt mit daniel daher
der junge geht sofort zum jesukind und spielt mit ihm

wirtin   braucht ihr irgendetwas
wasser – milch - etwas zu essen
was kann ich euch bringen

maria   wir brauchen nichts – danke

wirtin   *das kind genau betrachtend*   bub – gell

maria   ja

wirtin   also wie der schon daliegt
gar nicht zu glauben dass er erst zwei stunden alt ist

josef   er ist halt ein besonderes kind
daniel kitzelt das kind
es lacht so herzhaft dass alle mitlachen müssen
daniel kann gar nicht genug davon kriegen

wirtin   wie wird er denn heißen

61

maria jesus
wirtin jesus - na ja
heute tauft man halt eher diese ausländischen namen
die welt wird sich schon daran gewöhnen
josef man wird sehen
wirtin wem schaut er denn ähnlich
sie mustert beide sehr genau
josef wird verlegen - er möchte ihrem blick entgehen
ich glaube es ist eher der vater
jesus lacht lauthals auf
oder sieht er doch der mutter ähnlich
jesus kann gar nicht aufhören zu lachen
na ist ja egal - hauptsache er ist gesund
komm jetzt daniel - es ist spät
du gehörst schon ins bett
morgen musst du in die schule
daniel na geh - warum gibts keine weihnachtsferien
wirtin weihnachtsferien *sie schüttelt den kopf*
was du für eigenartige ideen hast
das christkind lacht bis sich der vorhang schließt

<u>szene 6 - nachts bei der krippe</u>
josef wir sollten zu schlafen versuchen
es war ein anstrengender tag
er macht es sich bequem so gut es geht
maria das kind schläft noch nicht
josef wenn wir schlafen schläft es auch
die vorbildwirkung ist das wichtigste in der erziehung
maria ich glaube du wirst ein guter vater sein
josef schlaf jetzt endlich *alles ist leise –*
nur von jesus hört man ab und zu einen laut -
da beginnen ochs und esel eine unterhaltung

ochs   was meinst du esel
  kann das hier irgendetwas sinnvolles werden
esel   ich bin ja nur ein esel und du nur ein ochse
  also glaubst du wirklich dass uns jemand fragt
ochs   du hast recht - uns fragt ja niemand
esel   eben - und wenn doch jemand fragen würde –
  was ja niemand tut -
ochs   nein - das tut niemand
esel   - wäre doch niemand auf eine antwort neugierig
ochs   niemand - da hast du recht
  es ist doch niemand neugierig auf unsere meinung
esel   es ist ein jammer
ochs   ja - es ist wirklich ein jammer
esel   und wenn sich doch jemand
  die antwort anhören würde – was aber niemand tut -
ochs   nein - das tut niemand
esel   - würde er sie sicher nicht ernst nehmen
ochs   ganz bestimmt nicht
esel   und warum nicht
ochs   ja genau - warum nicht
esel   das war eine frage
ochs   richtig - das war eine frage
  aber uns fragt ja niemand
esel   es ist ein jammer
ochs   ja - es ist wirklich ein jammer
esel   nur weil du ein ochse bist
ochs   und du ein esel
esel   aber ich sehe wir sind uns einig
  uns kann niemand etwas vormachen
ochs   uns nicht
  das christkind setzt sich auf und schaut sich um
  ochs und esel verstummen und verfolgen gespannt

was das christkind nun machen wird
es steht auf und blickt nach oben
als ob es etwas suchen würde
christkind hörst du mich
ochs und esel schauen einander fragend an
vater - hörst du mich
gott *mit dröhnender hallender stimme* was willst du
leg dich wieder hin - du bist noch ein baby
christkind ich bin kein baby mehr und das weißt du
und ich will dieses baby auch nicht spielen
gott wir diskutieren nicht
du spielst deine rolle und damit basta
christkind ich will diese rolle nicht spielen
glaubst du wirklich dass das etwas bringt
gott und warum nicht
christkind du überschätzt die menschen
du kannst ihnen nicht
noch einen lösungsvorschlag anbieten
noch eine religion - wenn sie jetzt schon streiten
gott diese neue religion wird sie überzeugen
glaube mir
christkind nein - das glaub ich nicht
gott was bildest du dir ein
wenn selbst du nicht an mich glaubst
wie sollen es die menschen dann tun
gabriel - wo bist du schon wieder
gabriel bin schon da - was gibts
gott schau dass du da hinunterkommst
und die sache wieder in ordnung bringst
gabriel zu befehl - mach ich – bin schon unten
im nächsten augenblick taucht gabriel auf
gefolgt von angelo

und deutet dem christkind wortlos sich wieder hinzulegen
christkind   ok - ich leg mich schon hin
   aber sag ihm
   dass ich das ganze nur unter protest mache
   es legt sich wieder hin - alles ist wieder ruhig
   gabriel und angelo bleiben als wache da

<u>szene 7 - die geburtstagsfeier</u>
   daniel taucht auf
daniel   was waren das eben für laute stimmen
   angelo - du bist wieder da
   hast du wieder neue zaubertricks für mich
angelo   jede menge – komm
   sie ziehen sich wieder in eine ecke zurück
   josef und maria werden wach
   die vier heiligen drei könige kommen daher
gabriel   was wollt ihr schon wieder
   hab ich euch nicht klar und deutlich gesagt
   dass ihr erst nach den hirten kommen sollt
   kann nicht einmal etwas so funktionieren
   wie wir das besprochen haben
josef   und warum seid ihr überhaupt zu viert
maria   ja - ihr sollt doch nur zu dritt sein –
   hab ich irgendwo gehört
der vierte   jetzt reichts mir aber endgültig
   bei so einem theater mach ich nicht mit
   und zum schluss
   steht mein name auch noch in der bibel
   nein - nicht mit mir - ich gehe wieder heim
   er macht seine drohung wahr und geht tatsächlich
kaspar   was sollen wir jetzt tun
gabriel   egal - es klingt eh besser

wenn ihr für die nachwelt die heiligen drei könige seid
und wenn ihr jetzt schon einmal da seid
bleibt ihr auch gleich und ich werde dafür sorgen
dass die hirten auch gleich kommen
er streckt die hand aus
und sofort tauchen die hirten aus dieser richtung auf
hirte 1 um diese zeit sollen wir noch geburtstag feiern
hirte 2 ich hab ja schon geschlafen
hirte 3 ist das geburtstagskind überhaupt noch wach
gabriel ruhe - ab jetzt geschieht nur mehr was ich sage
ist das klar
die wirtin kommt herein - sie sucht ihren sohn
wirtin da bist du
du gehst jetzt sofort wieder in dein bett
daniel ich will noch nicht
angelo jetzt lassen sie ihn doch
wirt *kommt herein* was ist denn da los
was macht ihr alle um so eine zeit in unserem haus
gabriel wir singen jetzt alle zusammen
noch ein geburtstagslied
und dann sind wir wieder weg
und keiner tanzt aus der reihe
sie stellen sich überraschend folgsam auf und singen
gabriel dirigiert
happy birthday to you -happy birthday to you
happy birthday dear jesus - happy birthday to you
hirte 3 singen wir es auf deutsch auch
zum geburtstag viel glück - zum geburtstag viel glück
zum geburtstag liebes christkind –
zum geburtstag viel glück
bei dieser strophe setzt sich jesus in der krippe auf
und wippt im takt mit - ochs und esel schunkeln dazu

hirte 1 und jetzt – jetzt singen wir es auf aramäisch
hirte 2 das bringt doch nichts
hirte 1 warum nicht
hirte 3 weil niemand im publikum aramäisch versteht
hirte 1 ok - dann spanisch
  sie singen nun auch die spanische version
  die stimmung wird immer besser
  cumpleanos feliz - cumpleanos feliz
  te deseamos todos - cumpleanos feliz

szene 8 - im himmel
  die szene beginnt hinter dem vorhang
angelo gabriel - ich habe eine frage
  sind wir da jetzt wirklich im himmel
gabriel na was glaubst du denn
angelo echt
gabriel ja – nervensäge
angelo *steckt den kopf durch den vorhang*
  und schaut sich lange und ungläubig im publikum um
  gabriel - hast du gewusst
  dass der himmel noch viel größer ist
  gabriel gibt keine antwort
  und die - die da sitzen –
  sind die wirklich auch alle im himmel
gabriel quatsch nicht so viel
  mach den vorhang auf
  damit sie auch einmal den himmel sehen können
  der vorhang geht auf – jesus liegt lässig auf einer couch
  nach einiger zeit steht er auf und redet mit seinem vater
jesus sei doch ehrlich – papa
  was hat das ganze gebracht
gott es ist die größte religion der welt daraus geworden

67

du hast deine arbeit sehr gut gemacht
jesus aber sie hat auch nicht
den erhofften frieden auf die welt gebracht
im gegenteil
nun gibt es noch mehr streitereien unter den menschen
jede neue idee - auch wenn sie noch so gut gemeint ist –
lässt wieder neue kriege entstehen
gott was meinst du – gabriel
sollen wir noch einen versuch wagen
gabriel nein - also alles was recht ist
aber mit mir kannst du nicht mehr rechnen
angelo darf ich es machen
gabriel angelo – du
schau dass du endlich deine lehre zu ende bringst
dann können wir weiterreden
gott hört auf zu streiten
ich habe dich etwas gefragt – gabriel
gabriel jetzt habe ich mich schon
um das volk israel kümmern müssen
dann habe ich die menschwerdung jesu gemanagt
und später auch noch
für die offenbarungen mohammeds gesorgt
und wofür das alles - ich will nicht mehr
gott aber irgendwann
müssen die menschen doch merken
dass die verschiedenen religionen
nur verschiedene wege zu mir – zu mir allein – sind
und dass kein einziger dieser wege an mir vorbei führt
es ist als ob ein vater
eines seiner kinder mit legosteinen spielen lässt
ein anderes mit holzfiguren
und das dritte mit glaskugeln

er bleibt trotzdem der vater aller drei kinder
jesus die menschen
  werden immer nur das trennende sehen
  und nie das gemeinsame
  gabriel und angelo ziehen den vorhang zu
  nach einer kleinen pause setzt gott das gespräch fort
gott meinst du wirklich
  nein - ich glaube da liegst du vollkommen falsch
  ich habe die hoffnung noch nicht aufgegeben
  und ich glaube ich werde recht behalten
jesus da kann ich nur sagen – hoffentlich
gabriel wir könnten ja – weil wir eh zeit haben
  kurz einmal einen blick hinunterwerfen
  um zu sehen
  was von dieser ganzen weihnachtssache
  im jahr 2017 noch übrig ist – was meint ihr
gott gut - also werfen wir
jesus gute idee
angelo ja super - das machen wir
  gabriel und angelo ziehen den vorhang wieder auf
  und sehen sich die folgende szene gespannt an

szene 9 - keine ahnung
  im wohnzimmer stehen eine couch und ein fernsehapparat
  aus einem cd-player sind weihnachtslieder zu hören
  hinter der couch befindet sich eine stehlampe
  andi kommt ins zimmer
  sucht die fernbedienung
  schaltet den cd-player aus
  den fernseher ein
  nimmt sich eine packung chips
  setzt sich auf die couch

drückt ein paar programme durch
macht es sich dann bequem
öffnet die chips und sieht fern
es ist kein ton eingeschaltet
berti kommt herein und bleibt hinter der couch stehen
beide schauen gespannt auf den fernseher
berti haben wir noch chips
andi zeigt mit dem daumen über seine schulter
berti nimmt sich ein sackerl
ohne den blick vom fernseher abzuwenden reißt er es auf
und setzt sich langsam neben andi hin
wie heißt der film
andi keine ahnung
berti *nach einer weile* blöder titel
andi sieht berti verächtlich an
und warum gibt es keinen ton
andi gibt eh untertitel
berti das ist ja noch blöder
nach längerer pause
worum geht es da eigentlich
andi um irgendeinen typen auf den alle warten
obwohl er noch gar nicht auf der welt ist
stell dir das vor
die warten auf ihn und haben keine ahnung
wer er ist und ob er jemals kommt
berti *wieder nach einer weile*
ah - deswegen heißt der film keine ahnung
andi schlägt sich mit der flachen hand auf die stirn
und sieht berti herablassend an
dann schauen beide konzentriert zu und essen chips
andi *plötzlich sehr empört* der lässt sie nicht rein
berti ich habe mir das gleich gedacht

dass dieser ungustl sie nicht reinlässt
andi dabei hat er eh fast keine gäste in seinem hotel
nach kurzer pause das darf doch nicht wahr sein
die schicken sie auch weg
berti das sind die gleichen unsympathler
ein wahnsinn ist das
geraume zeit später der esel ist cool
andi *berti nachäffend* der esel ist cool
willst du etwa auf so einem ausgehungerten esel
durch diese trostlose staubige gegend reiten
berti nein - aber er ist cool
andi *wieder viel später* geh schau dir das an
der haut ihnen die tür vor der nase zu
berti diese typen
haben keine ahnung von menschlichkeit
he - der titel passt wirklich - super film
er zeigt den nach oben gestreckten daumen zu andi
andi *nach einer weile* die frau kann ja gar nicht mehr
dass sich da nicht endlich wer erbarmt
berti mich wundert es nicht dass sie nicht mehr kann
schau wie dick die ist
andi schaut ihn zuerst verwundert dann verächtlich an
schließlich fragt er zynisch
andi was meinst du
könnte es vielleicht sein dass sie schwanger ist
er sieht seinen freund abwartend an
berti schwan - wie
andi *amüsiert* s – c – h – w – a – n – g – e – r
schwanger - was meinst du
ist sie es oder ist sie es nicht
berti *bemüht sich sich keine blöße zu geben*
was weiß ich ob die schwanger ist oder nicht

71

ich kenne sie ja überhaupt nicht
andi *triumphierend* du hast keine ahnung – stimmts
du weißt gar nicht dass eine frau –
wenn sie ein kind kriegen will –
so lange essen muss bis sie ganz dick ist
berti willst du damit sagen
dass nur dicke frauen ein kind kriegen können
andi naja - ganz genauso
würde ich es vielleicht nicht sagen
weil nicht alle gleich dick werden
aber im großen und ganzen stimmt das so
berti so ein unsinn - das stimmt überhaupt nicht
er steht auf geht hinaus
und schreit noch einmal zurück meine mutti
ist ganz schlank und hat drei kinder bekommen
er geht zu einem automaten
und lässt sich ein getränk heraus
das geräusch der münze und der fallenden flasche
ist deutlich zu hören dann schreit er von draußen
willst du auch eines
andi *ohne aufzuschauen* ja
wieder hört man die getränkeautomatengeräusche
auch das zischen beim öffnen der flaschen
berti bringt die getränke
fixiert wieder den fernseher
hält andi eine flasche hin und setzt sich
beide setzen gleichzeitig die flaschen an den mund
trinken langsam und setzen wieder gleichzeitig ab
also ich würde die beiden nicht wegschicken
berti mein zimmer könnten sie jederzeit haben –
und mein bett - und mein gewand
meine neue tom taylor-jacke nicht - aber sonst –

wieder führen sie die flaschen gleichzeitig an den mund
und trinken genüsslich - da klopft es an der tür
erschrocken nehmen sie die flaschen ab
verschütten dabei ein wenig
und richten ängstliche blicke zur tür - es klopft wieder
ich mache nicht auf
er reißt andi die fernbedienung aus der hand
und schaltet den fernseher aus
hoffentlich haben sie uns nicht gehört
es klopft abermals - andi steht auf
berti   mach ja nicht auf
    das ist vielleicht ein killerclown
    er zieht andi wieder zu sich hinunter
    und schaltet die lampe aus - es ist ganz finster
andi   sollten wir nicht vielleicht doch nachschauen
    wer es ist
berti   *erschrocken*   auf gar keinen fall
andi   vielleicht braucht jemand hilfe
    so wie die vorhin im fernsehen
berti   und wo täten wir den esel hin
    sollen sie doch bei den nachbarn klopfen
    berti merkt dass andi wieder aufstehen will
    was hast du vor
andi   ich werde ihnen sagen
    dass sie bei den nachbarn klopfen sollen
berti   lass den unsinn – bleib da
    das klopfen wird nun sehr laut - man hört eine stimme
mutter   andreas - berti – warum macht ihr nicht auf
    seid ihr nicht da
    sie kommt herein – das licht geht an
berti   die mama ist da   *er stürmt begeistert zur tür*
mutter   warum sitzt ihr denn im finstern herum

draußen ist schon überall
die weihnachtsbeleuchtung eingeschaltet
berti fahren wir jetzt weihnachtsgeschenke einkaufen
mutter ja - zieht euch an und kommt mit
seht doch wie viele menschen schon unterwegs sind
es sind die anderen schauspieler
die sie sieht
sie kommen nach und nach auf die bühne
und formieren sich langsam zu einem halbkreis
andi und berti *im durcheinander*
super - wir fahren weihnachtsgeschenke einkaufen -
was krieg ich alles - darf ich mir etwas aussuchen –
alle verbeugen sich
berti ich hätte ja eh aufgemacht - ich meine
der heiligen familie
würde doch wohl jeder aufmachen – oder

weihnachten verschoben

szene 1 - zuhause
ein straßenmusikant mit instrument
notenständer und klappstuhl spaziert langsam daher
schaut hinter den vorhang und öffnet ihn dann
dahinter steht eine junge frau -
sie ist die älteste tochter maria -
mit ihrem kind auf dem arm und versucht
es in den schlaf zu wiegen
der musikant schaut eine weile zu dann geht er weg
plötzlich ist ein riesiger tumult auf der bühne
alle laufen wie planlos durch die wohnung
suchen ihre sachen zusammen
ziehen sich teils sogar im laufen an – stolpern
fallen hin - vertauschen ihre sachen - große hektik

maria   *schreit*   seid doch nicht so laut
alle bleiben mit einem schlag wie versteinert stehen
das kind auf marias arm beginnt zu weinen
na super - habt ihr es wieder geschafft
sie drückt das kind an sich
sssscht - ist schon wieder gut - nicht weinen
sssch – sssch – sssch –
sie schleichen betont vorsichtig langsam zum ausgang
und bleiben dort schuldbewusst stehen

mutter   jetzt fahrt endlich los
sie hilft maria das kind zu beruhigen
vater kommt noch einmal zurück
er hat den autoschlüssel vergessen

mutter   das kann nicht gutgehen
wir kriegen heuer keinen baum

maria   mach dir nicht immer so unnötige sorgen
mutter   unnötig - ja siehst du denn nicht -
maria   was du immer siehst
   schau lieber wie zufrieden der maxi jetzt wieder ist
oma   *zum kind*   ja wo ist es denn mein putzerl – wo
mutter   na wer hat denn so geweint – wer denn
maria   moch ihn jetzt bitte nicht wieder -
mutter   ich mach gar nichts
   ich kümmere mich halt um mein enkelkind
   so wie ich mich um euch alle
   auch immer gekümmert habe
   und ist es euch schlecht gegangen
maria   *verdreht die augen*
   jetzt geht das wieder los - nein mutti
   du hast eh immer alles super gemacht
   komm her - halt ihn kurz
   ich mach uns einen kaffee
   der kleine kommt weinend zur tür herein
mutter   was ist denn los - mein kleiner
   was ist geschehen
   er bringt vor lauter schluchzen kaum ein wort heraus
der kleine   die sind einfach ohne mich gefahren
   die sind so gemein
   mutter und tochter schauen einander fragend an
   da kommt der vater herein
vater   sag einmal - wo steckst du denn
   los jetzt - wir wollen endlich fahren
der kleine   *zaghaft*   wirklich
   er schnäuzt sich kräftig
   wischt sich noch einmal über die augen
   grinst wieder über das ganze gesicht
   und springt hinter seinem vater her

maria   schaut nicht gut aus
   schön langsam glaube ich du hast doch recht
mutter   hoffentlich nicht
maria   hier - dein kaffee
   sie stellt ihn auf den tisch
   alle drei setzen sich gemütlich hin
   genießen ihren kaffee und spielen mit dem baby
   während sie noch mit dem kind spielen
   kommt der straßenmusikant und schließt den vorhang
   dann baut er alles auf was er zum vorspielen braucht
   auch eine tafel mit dem hinweis
   dass er sich geld für einen christbaum erspielen möchte
   er wartet auf publikum - es kommt niemand
   also öffnet er den vorhang wieder
   und setzt sich neben der bühne auf seinen klappsessel
   während die nächste szene schon läuft
   ist er noch eine zeit lang mit seinem instrument beschäftigt
   dann nimmt er ein buch zur hand
   und liest während der ganzen szene darin

szene 2 - die autofahrt
   opa sohn und tochter sitzen im auto
   der vater und der kleine kommen daher
sohn   na endlich - wo steckst du denn die ganze zeit
   ruft er dem kleinen entgegen
der kleine   ihr habt ja nicht auf mich gewartet
tochter   *extrem görenhaft und mit kaugummi*
   sag gleich dassd nicht mitfahrn willst
   immer müssma nur auf dich wartn
der kleine   papa - die mobben mich schon wieder
sohn   du weißt doch gar nicht was das ist
der kleine   *flehentlich*   papaaaaa

vater steig ein – und ihr zwei haltet jetzt euren mund
tochter na alter - man wird doch noch was sagn dürfn
  sie macht eine riesige kaugummiblase
  der vater und der kleine steigen ein
  der vater schnallt sich pantomimisch an
  alle sitzen und warten
opa *in richtung vater* was ist
der kleine ich weiß es - wir sind noch nicht angeschnallt
  der vater nickt ihm lobend zu - alle schnallen sich an
  er fährt mit lautem motorengeräusch los
  an einer ampel bremst er dass die reifen quietschen
  die insassen werden nach vorne gedrückt
opa also diese neuen motoren – so leise
  ich hör gar nicht dass er läuft
vater läuft auch nicht
opa du hast ihn abgestellt
  auf einer kreuzung stellst du den motor ab
  und was machst du wenn er nicht mehr anspringt
vater ich hab ihn nicht abgestellt
  das ist die neue start-stopp-automatik
  warte kurz
  wenn ich auf die kupplung steige läuft er wieder
opa geh - sowas gibt es wirklich
vater das hat heutzutage schon fast jeder
opa na sowas
  er zeigt nach einiger zeit auf die ampel
  ich würde sagen grüner wirds nicht mehr
  der vater fährt mit einem ordentlichen ruck los
  alle fallen nach hinten - gleich darauf nach vor
  was ist jetzt schon wieder
vater abgestorben
opa start-stopp-automatik

na das ist ja ein sssssssscheeeens klumpert
da ist das startgeräusch eines alten traktors zu hören
was ist denn das
er meint es sei das auto
vater *zeigt mit dem daumen links hinaus*
traktor neben uns
sie fahren wieder los
der vater übersieht einen rechtskommenden
sie werden angehupt - die kinder schreien
opa das war knapp
kurz darauf sind sie am ziel
vater sodawassa – wir sind da
alle steigen aus nur opa und der kleine bleiben sitzen
steigt ihr nicht aus *beide schütteln den kopf*
gut - dann könnt ihr in aller ruhe weiter fachsimpeln
wir nützen die zeit sinnvoller
auf ihrem weg zum christbaumverkäufer
kommen sie an einem straßenmusikanten vorbei
der vater wirft geld in seinen hut und geht weiter
die tochter wartet bis der musikant fertiggespielt hat
tochter alter - warum tust dir das an
sohn er machts halt gern
tochter in der kälte – hallo
sie macht mit ihrem kaugummi eine blase
musikant ich möchte mir einen christbaum kaufen
tochter alter - da kannst aber lang spielen

szene 3 - beim christbaumverkäufer
ein ehepaar interessiert sich für christbäume
der verkäufer kommt daher
verkäufer ein superbaum – tadelloser wuchs –
wunderschön – sehr preiswert – 60 euro

der mann wartet die reaktion der frau ab
diese schüttelt den kopf
mann mmm – nein
verkäufer 55
der mann schaut seine frau an - die zeigt desinteresse
mann mmm – nein *sie gehen weiter*
verkäufer *hinter ihnen her* 50 euro
vater sohn und tochter kommen daher
sehen sich um und beobachten das verkaufsgespräch
mann *zu seiner frau* was ist mit dem
verkäufer ein superbaum – tadelloser wuchs –
wunderschön – sehr preiswert – 60 euro
die frau schüttelt den kopf
mann mmm - nein
verkäufer 55
der mann sieht seine frau an - die zeigt kein interesse
mann mmm - nein
tochter wissts was - ich setz mich wieder ins auto
holts mich wenns ihr was gfundn habts
sie macht noch eine kaugummiblase und geht weg
verkäufer *zeigt auf einen dritten baum*
wie wärs mit dem - ein superbaum –
tadelloser wuchs – wunderschön –
die frau schüttelt wieder den kopf
mann *fragend zur frau* nein *sie schaut ihn nur böse an*
er zum verkäufer nein
der verkäufer kratzt sich verzweifelt am hinterkopf
da bemerkt er zu seiner erleichterung vater und sohn
verkäufer *zum mann* tuts euch was anschaun
bin gleich wieder da
er wendet sich vater und sohn zu
tag die herrn - wenn ihr einen schönen baum braucht

seid ihr bei mir grad richtig

vater aha – und wenn wir keinen schönen brauchen

verkäufer *lachend*
dann hab ich auch den passenden für euch

vater gut - und wo steht der

verkäufer *kurz perplex* der mann hat humor
das gefällt mir - aber schaut euch einfach um
da zum beispiel - seht ihr die
ganz frisch geschnittene tannen aus dem eigenen forst
sehr schöne bäume - sehr preiswert
da etwas größere - auch aus dem eigenen forst
auch sehr preiswert
wer das besondere sucht –
und weihnachten ist ja nur einmal im jahr
da kann man sich schon was gönnen –
findet bei uns garantiert etwas
wir haben auch wunderschöne bäume
aus rein biologischer aufzucht
und für die qualität trotzdem noch sehr preiswert
alles sehr schöne bäume
wir haben nur erstklassige qualität

sohn papa - der mann hat dir gar nicht zugehört

verkäufer *zum vater* was meint er

sohn mein papa hat ihnen doch gesagt was wir suchen
wir wollen keinen schönen baum
höchstens einen richtig schön verkrüppelten
so eine richtige schande des waldes eben
und wir brauchen auch keinen preiswerten baum
wir wollen einen - - mit charakter

verkäufer *zum sohn* na da schau ich aber
zum vater ihr wollt keinen preiswerten baum

sohn im moment nicht

vater   nein - wir suchen eben etwas ausgefallenes
verkäufer   *ungläubig* was ausgefallenes
sohn   ja - denn wie kommt ein baum dazu
  nur weil er nicht so schön gewachsen ist
  dass er als christbaum nicht ernst genommen wird
  das ist ja so wie wenn man sagen würde
  dass nur schöne menschen weihnachten feiern dürfen
vater   oder nur intelligente
sohn   oder nur schöne intelligente
  stellen sie sich das einmal vor
verkäufer   das möcht ich mir gar nicht vorstellen
  da könnte ich ja gleich zusperren
vater   *zum sohn*   das wäre ein elitäres fest
sohn   da würden von uns drei hier
  maximal zwei weihnachten feiern können
mann   *meldet sich aus dem hintergrund*
  und bewahrt dadurch den sohn
  vor einer entsprechenden antwort des verkäufers
  wir überlegen noch - auf wiedersehen
  sie gehen ohne baum weg
sohn   es ist doch richtig unfair
  dass immer nur für schöne bäume geworben wird
  was ist überhaupt ein schöner baum
  ist er schön wenn er von allen seiten gleich ist
  so richtig fad gleich
  oder ist er dann schön
  wenn man gar nicht weiß wie man ihn drehen soll
  weil man sich gar nicht entscheiden kann
  welche seite die schönere ist
  ist er dann nicht viel interessanter
verkäufer   also ich weiß nicht - das ist ansichtssache
vater   ja – eben

sohn und deswegen kann man nicht den einen
vor den anderen stellen
wir sind für die gleichberechtigung der christbäume
verkäufer *ist zunächst sprachlos*
dann reicht er dem sohn die hand gratuliere
zum publikum
die gleichberechtigung der christbäume
so einen schwachsinn
hab ich überhaupt noch nie gehört
zum sohn dir ist also jeder baum recht
jeder baum ist dir gleich viel wert
sohn *zum vater* jetzt hat er uns verstanden
verkäufer ja sehr schön –
er klatscht die hände zusammen
- dann nimm doch einfach irgendeinen
sohn irgendeinen - ein baum ist niemals irgendeiner
jeder ist ein besonderer
verkäufer *wieder zum publikum*
so viel dummheit muss bestraft werden
denen verkauf ich jetzt meinen schlechtesten baum
aber zu einem geschmalzenen preis
zum sohn
also kommt her - schauen wir uns die bäume an
der hier zum beispiel
siehst du diesen ungleichen wuchs
so etwas kommt bei den meisten leuten
ganz schlecht an
aber du weißt ja
dass es bei einem baum
nicht auf sein äußeres ankommt
der wär schon was für euch – stimmts
oder der hier - wie gefällt dir der

der ist auf dieser seite hier total verkümmert
mit dem muss man richtig mitleid haben
und diese zwei hier –
die haben wir schon zu monatsbeginn geschnitten
die werden nicht mehr lange halten
süffisant zum sohn
aber man kann doch nicht sagen
dass sie deswegen weniger wert sind - stimmts
vater   was haben sie sonst noch so zur auswahl
verkäufer   diese beiden zum beispiel
   die sind zu knapp aneinander gestanden
   die haben sich gegenseitig das licht weggenommen
   deswegen sind sie auf der einen seite so gelb
   hämisch
   also auch was ganz besonderes
   ja - und diese gruppe dort drüben
   hat ziemlich unter der trockenheit letztes jahr gelitten
   seht ihr wie schön braun die sind
   das wär doch was für euch – oder
sohn   sie werden mir immer weniger
   nicht unsympathisch
verkäufer   *überlegt*
   immer weniger nicht unsympathisch
   wie meint er das – ach wurscht – es sind kunden
   und ich mache sicher ein gutes geschäft mit ihnen
   inzwischen ist neue kundschaft gekommen
   ein anderes ehepaar
   zum vater   überlegt es euch
   sucht euch in ruhe etwas aus
   ich komm gleich wieder
   ich bediene nur schnell die leute dort drüben
   er lässt sie allein

vater   hast du dir eh alle bäume gut gemerkt
   die keinen fehler haben
sohn   ja - die fünf hier
vater   sehr gut
   und von diesen fünf suchen wir uns jetzt einen aus
   den haben wir schön drangekriegt
   der wird sich wundern
   das erste ehepaar ist auf dem rückweg
frau   der spielt gut - schmeiß was rein
mann   *sieht seine frau skeptisch an*
   wieso denn - wir haben ja auch noch keinen baum
frau   aber er verdient sich einen
mann   was soll das heißen - wir vielleicht nicht
frau   los jetzt und keine widerrede
mann   *murrend*
   so leicht möchte ich mein geld auch verdienen
   widerwillig wirft er einige münzen hinein und geht weiter
   wer weiß was sich der wirklich kauft mit dem geld
frau   halt einfach die klappe

szene 4 - im auto
opa und der kleine schlafen
die tochter kitzelt den opa - endlich wacht er auf
tochter   und wenns wirklich so war
   große kaugummiblase
opa   was
tochter   na das mit der jungfräulichen geburt
   die maria hat keinen mann ghabt
   aber trotzdem hat sie ein kind kriegt
   ist sie dann so was wie eine leihmutter gwesn
opa   also so kann man das nicht sagen
der kleine   opa - was ist eine leihmutter

opa na eh nichts - vergiss das wieder
tochter aber das gibts wirklich
  die jasmin-jeanette aus meiner klasse hat ma erzählt
  dass sie auch von einer leihmutter
  zur welt bracht worden is weil ihre
  sie zeigt anführungszeichen
  mutter keine kinder kriegn darf
opa *findet diesen vergleich völlig unangebracht*
  und regt sich daher auf
  aber das ist doch was ganz andreas
  die gottesmutter maria ist doch keine leihmutter nicht
tochter bleib chillig opa
  jedenfalls is sie keine mutter im üblichen sinn gwesn
  also war sie keine - echte – mutter
  kaugummiblase
  is sie vielleicht die stiefmutter vom jesus gwesn
opa was dir für a blödsinn einfällt –
  leihmutter – stiefmutter -
tochter *wie immer ganz lässig* pflegemutter
der kleine *eifrig und stolz dass ihm auch etwas einfällt*
  großmutter
tochter perlmutter *kaugummiblase*
der kleine schraubenmutter
tochter schwiegermutter
der kleine flügelmutter
tochter rabenmutter
der kleine fahnenmutter
  der opa schüttelt den kopf
  dann beginnt er pantomimisch zu geigen
  und summt ein weihnachtslied dazu
tochter alter - was solln das jetzt sein
opa das ist auch eine ganz berühmte mutter –

eine geigerin - anne-sophie mutter
der kleine und die tochter seeehr witzig
   das andere ehepaar von vorhin
   kommt mit einem baum am straßenmusikanten vorbei
   als der musikant die beiden kommen sieht spielt er lauter
er schau dir das an
   diese schnorrer - diese aufdringlichen
   und zu weihnachten ist es immer am ärgsten
sie jetzt beeil dich sonst quatscht er uns auch noch an
   sie versuchen sich unauffällig vorbeizuschleichen
musikant frohe weihnachten
er frech ist er auch noch
sie was man sich heutzutage alles bieten lassen muss

<u>szene 5 - die bäumin</u>
   vater und sohn beraten sich
   ein herr sieht sich bei den christbäumen um
vater *zu seinem sohn* super hast du das gemacht
   ich hab ja sofort gemerkt was du vorhast
   und deswegen habe ich auch gleich mitgespielt
sohn wirklich
vater hätt ich dir gar nicht zugetraut
   dass du schon so ein schlaues kerlchen bist
sohn ich hab das ernst gemeint
vater das war wirklich grandios von dir
   er schaut seinen sohn plötzlich ratlos an
   was heißt du hast es ernst gemeint
   was hast du ernst gemeint
sohn na das mit dem christbaum
   ich will wirklich keinen perfekten
   ein perfekter baum ist fad
   der verkäufer kommt

sie gestikulieren weiter - der vater scheint aufgebracht
verkäufer *zu dem herrn* was darfs denn sein
  haben sie schon etwas ausgesucht
der herr die herrschaften waren vor mir
verkäufer das ist schon in ordnung
  die zwei sind noch nicht so weit
  welcher darfs denn sein
der herr aber ich kann mich doch nicht vordrängen
  am ende kaufe ich diesen leuten genau den baum weg
  den sie wollen
verkäufer das kann ich mir nicht vorstellen
  neinnein - ganz bestimmt nicht - glauben sie mir das
tochter *kommt daher*
  was ist - habts ihr schon was gfundn *kaugummiblase*
  der christbaumhändler verkauft inzwischen
  dem herrn einen baum
  ein drittes ehepaar kommt
vater warum bleibst du nicht im auto - es ist kalt
tochter mir is net kalt – org alter
  glaubst weil i a frau bin muss ma immer kalt sein
vater ok - du bist eine frau und dir ist nicht kalt
  zu seinem sohn den hier werden wir nehmen
  das ist ein schöner baum
tochter ich will aber keinen baum
vater du willst keinen baum - was willst du dann
tochter was ich will *kaugummiblase*
  ich will heuer a bäumin
  wir haben jetzt jedes jahr an baum ghabt
  und ich habs immer akzeptiert
  aber heuer will ich a bäumin
sohn *zu seiner schwester* das trifft sich gut
  ich will nämlich auch keinen perfekten baum

tochter alter - diese frechheit hab ich überhört

vater *zu sich*
  was ist mit diesen kindern nur schief gelaufen

tochter *schreit zum verkäufer hinüber*
  tschuldign sie - könnten sie kurz rüberkommen

verkäufer komme schon
  er gibt einem dritten ehepaar das retourgeld und kommt
  bitte junge dame - gehörst du hier dazu

tochter ja alter herr - ich ghör hier dazu
  aber wenn sie mich schon
  als junge dame erkannt haben
  dann müsstn sie auch wissen
  dass wir zwei nicht per du sind –
  haben sie auch weibliche bäume   *kaugummiblase*

verkäufer weibliche bäume

vater *verächtlich und zugleich entschuldigend*
  sie möchte keinen baum - sie möchte eine bäumin

verkäufer eine bäumin - du willst also eine bäumin

tochter sie

verkäufer sie will eine bäumin

tochter *hartnäckig* sie wollen

verkäufer *listig* also gut – wie sie wollen
  natürlich haben wir bäuminnen
  hier die tanne - da die fichte –
  genau genommen haben wir lauter bäuminnen da

sohn *zum vater*
  was für einen baum haben wir letztes jahr gehabt

vater eine tanne

sohn und im jahr davor

vater auch eine tanne

sohn   haben wir also jedes jahr eine bäumin gehabt
  dann bestehe ich heuer auf einen baum

ob er ein tanner oder ein fichter ist ist mir egal
er muss auch nicht perfekt sein
er soll gar nicht perfekt sein
aber männlich soll er sein - und mit charakter
tochter   und wie stellst dir das vor
männlich und mit charakter
wo solln wir so was findn   *große kaugummiblase*
sohn   diese frechheit habe ich nicht überhört
schnippisch
kaufen wir eben einen weiblichen - ohne charakter
hauptsache er ist schööön
beim letzten wort gibt er sich wie eine
nur auf ihr äußeres bedachte eitle frau vor dem spiegel
verkäufer   *zum vater*   ist das nicht ganz egal
ob der christbaum männlich oder weiblich ist
sohn   eigentlich schon aber jetzt geht es ums prinzip
jetzt geht es
um die männerquote unter den christbäumen
anscheinend gibt es viel zu viele weibliche
welche männliche nadelbäume gibt es überhaupt
verkäufer   naja - wie gesagt
es gibt die tanne und die fichte
dann gibt es noch die eibe
die kiefer die -
vater   die föhre
verkäufer   *zum vater*   genau - und die pinie
die zeder und die lärche - die thuje gibts auch noch
ich glaube das sind alle
tochter   *ballt die faust*   ja
vater   die zypresse
verkäufer   stimmt - die zypresse
aber jetzt ist wirklich schluss

die tochter streckt siegessicher beide arme in die luft
sohn was ist mit dem mammutbaum
  der ist männlich - hat er blätter oder nadeln
verkäufer keine ahnung - aber würdest du einen
  mammutbaum als christbaum nehmen
  ah ja - du schon – wahrscheinlich
sohn ja warum denn nicht - so einen ganz kleinen
  ich schau jetzt gleich im internet nach
  ob der mammutbaum nadeln hat
  er greift nach seinem handy
tochter ich möcht eine zypresse   *kaugummiblase*
verkäufer eine zypresse
  das passt doch überhaupt nicht
tochter warum denn
verkäufer *er beginnt die melodie o tannenbaum zu singen*
  o zypressenbaum - o zypressenbaum
  wie grün sind deine blätter
  siehst du - das passt nicht
sohn *singt nun seine version*
  o mammutbaum - o mammutbaum
  wie grün sind deine nadeln – das passt
  ich habe ihn schon gefunden
  stellt euch vor - er hat wirklich nadeln
  er liest vor
  der mammutbaum - sequoiadendron giganteum –
  gehört zu den nadelbäumen
  und bildet eine unterfamilie
  der pflanzenfamilie der zypressengewächse
tochter ja ursuper – alter
  der mammutbaum isne zypresse - also auch weiblich
  ok - dann bin ich meinetwegen
  auch für einen mammutbaum

zwei frauen kommen um einen baum
verkäufer *zum vater* machen sie sich das
mit ihren kindern aus - ich hab kundschaft
das dritte ehepaar und der herr kommen mit ihren bäumen
am straßenmusikant vorbei und werfen geld hinein
sie bleiben nur kurz stehen - dann gehen sie weiter
musikant ich mache jetzt eine pause - mir ist kalt
er geht weg

szene 6 - inzwischen zuhause
die mutter und maria spielen immer noch mit dem baby
mutter na sag schön oma – ooomaaa
maria warum lehrst du ihn oma zu sagen
wenn er zu reden beginnt
soll er doch als erstes mama sagen können
das wäre doch sinnvoller
mutter warum lehrst du ihn oma zu sagen
so eine sprache versteht er doch gar nicht
und glaub mir
wenn er oma sagen kann kann er mama auch sagen
ich weiß schon was ich tu
ich kümmere mich halt um mein enkelkind
so wie ich mich
um euch alle auch immer gekümmert habe
maria nicht schon wieder
mutter und es ist euch nicht schlecht gegangen
maria nein ist es uns nicht
aber mir hast du sicher auch nicht oma
als erstes wort beigebracht - oder
mutter kind - das waren doch ganz andere zeiten
maria andere zeiten
wenn ich nur das schon wieder hör

mutter aber nun sollten wir die geschenke einpacken
sonst werden wir gar nicht fertig
bis sie zurückkommen
die oma kommt herein
gottseidank dass du kommst
du kannst uns gleich helfen
nimm den maxi
dann können wir in aller ruhe die geschenke einpacken
oma das mache ich gern
endlich einmal ein guter vorschlag von dir
sie nimmt das kind
dreht es herum und riecht an seinem hintern
der hat die windel voll - der gehört ja frisch gewickelt
riecht ihr zwei denn das nicht
zum kind
die schauen dich gar nicht an – gell
gut dass du deine uroma noch hast – ja gell
gut dass du sie noch hast
maria ich mach das schon
sie nimmt das kind und beginnt es zu wickeln
oma ja wer kriegt denn jetzt a neues winderl
ja wer denn
sie redet auf die typische oma-art auf das kind ein
schau - so ein dickes baucherl
da muss ja öfter was ins winderl
das baby lacht
schau wie ihm das gefällt
wenn die urli-omi mit ihm spielen tut
mutter na ihr seid mir eine schöne hilfe
muss ich heuer die geschenke
wieder alle allein einpacken
oma ja siehst du nicht dass ich eh beschäftigt bin

du kümmerst dich ja nicht um dein enkelkind
mutter   jessas die kann einen blödsinn daherreden
maria   ich bin gleich soweit
die nachbarin kommt herein
mutter   servus nachbarin - na wie gehts
nachbarin   na wen haben wir denn da
    unseren kleinen maxi - und wie groß er schon ist
    lass dich angreifen
das babybeginnt zu weinen
maria versucht maxi wieder zu beruhigen
    sind meine hände noch kalt
sie prüft sie selber
    nein die sind ja gar nicht kalt – schau mein kleiner
sie versucht das kind wieder anzugreifen
maria dreht sich mit dem kind wie zufällig weg
    irgendetwas passt ihm nicht
    vielleicht gehört er frisch gewickelt
    man glaubt ja gar nicht
    wie oft die kleinen gewickelt werden müssen
    und wenn sie dann eine saubere windel haben
    dann sind sie auch zufrieden
zum kind   gell mein kleiner maxi
wieder beginnt das baby laut zu weinen
zu maria
    hast du ihn heute schon gewickelt
    wann hast du ihn denn das letzte mal gewickelt
    oder vielleicht hat er hunger
    man glaubt ja gar nicht
    wie oft die kleinen hunger haben
    wann hat er denn das letzte mal etwas bekommen
    kriegt er schon das flascherl
zum publikum

94

also ich hab meinen kindern
das flascherl schon ganz früh gegeben
und gut wars - aber heutzutage glaubt ja jeder
dass er alles besser weiß
mit sarkasmus
dann hört man immer
du verstehst davon nichts mehr
du bist schon zu alt dafür
du kannst da nicht mehr mitreden
gut - man sagt ja eh nichts
man lässt ja die jungen leute eh machen was sie wollen
sie hören uns ja eh nicht an
zur mutter
waren wir auch so als wir jung waren
ich glaube wir waren nicht so
wir haben uns noch etwas sagen lassen
naja - was soll man sagen - die zeiten ändern sich halt
da erblickt sie die geschenke
mei habt ihr viele geschenke
na da hast du noch ganz schön zu tun
spät bist du dran - also ich sag immer
lieber ein bisschen früher anfangen
was man hat das hat man
ich kaufe ja meine geschenke
immer schon anfang dezember und auch schon früher
aber ich kaufe ja gar nicht viel
zum publikum
wenn ich aber sehe was heutzutage alles gekauft wird
sie schlägt die hände zusammen
was da unnötig an geld ausgegeben wird
die fenster müsste man fast vergrößern
dass sicher alles hinausgeschmissen werden kann

das hätte es früher nicht gegeben
nein nein - sicher nicht
da wär ja gar keiner auf die idee gekommen
dass er so viele unnötige sachen kauft
aber es geht mich ja nichts an
zur mutter
hast du den neuen kochtopf schon gesehen
den es jetzt im einkaufszentrum gibt
den musst du dir anschauen
ich habe ihn mir heute in der früh gleich geholt
wenn du da lange wartest sind alle weg
und so einen topf kann man immer brauchen
von einem guten geschirr hat man nicht zu viel
da gebe ich lieber ein bisschen mehr dafür aus
und ich weiß dass ich was gescheites habe
zum kind gedreht
na schau wie brav der kleine maxi jetzt wieder ist
bist ein bisserl müde – gell - tu schön schlafen
wieder zur mutter
wahrscheinlich hat er nur einen schlaf gehabt
man glaubt ja gar nicht
wie viel schlaf so kleine kinder brauchen
der musikant kommt wieder vorbei
bleibt stehen und hört sich die szene fertig an
schläft er schon durch in der nacht
also der justin - der kleine von meiner älteren tochter
der hat lange nicht durchgeschlafen
bis ich mir dann seine matratze angesehen habe
sie schlägt die hände zusammen
zum publikum
um gottes willen - was soll ich euch sagen
na ich habe dann gleich eine neue gekauft

und seither wird er nur mehr
ein- oder zweimal in der nacht munter
wenn ich diese matratze nicht angesehen hätte
sonst mische ich mich aber nicht ein
sie sollen tun was sie wollen
es geht mich ja nichts an
zur mutter
habt ihr schon einen christbaum
wir haben unseren baum
heuer schon ganz früh gekauft
und gut war es - so einen schönen christbaum
haben wir noch nie gehabt
ja so ist es halt - wer zuerst kommt mahlt zuerst
wenn man zu lange wartet
kriegt man ja nichts gescheites mehr
*die **mutter** wird zusehends nervöser*
also ich gehe dann wieder - war ein nettes gespräch
vielleicht schau ich morgen eh wieder vorbei
mit den nachbarn muss man ja
hier und da ein bisschen plaudern
sie geht
ein paar leute kommen vorbei
der straßenmusikant spielt ein lied
einer wirft geld hinein
als die leute weg sind kommt ein kleines mädchen vorbei
musikant   kannst du mir bitte
  kurz auf meine sachen aufpassen
  ich muss nur schnell wo hin - du weißt schon
mädchen   nöö - weiß ich nicht
musikant   pass einfach auf
  ich muss schon ganz dringend
  er läuft in unmissverständlicher haltung weg

das mädchen betrachtet das instrument
kaum ist der musikant weg
kommen die zwei frauen vorbei und bleiben stehen
die eine   warum spielst du nicht - spiel doch
das mädchen schüttelt den kopf
die andere   nein – warum nicht
mädchen   ich kann nicht spielen
die andere   du kannst nicht spielen - also dafür
hast du aber schon ganz schön viel geld verdient
das mädchen zuckt nur gleichgültig mit den schultern
die eine   verdient nicht wenn sie gar nicht spielen kann
aber egal - ich werfe auch etwas hinein
ist ja weihnachten
die andere überlegt kurz
und wirft schließlich doch auch etwas hinein
dann gehen sie weiter - der musikant kommt wieder
musikant   hast du gut gemacht
das mädchen möchte gehen   hier - fürs aufpassen
er wirft ihm eine münze zu

<u>szene 7 - ich seh ich seh was du nicht siehst</u>
der kleine unterbricht nach einiger zeit das spiel
der kleine   opa - wenn der jesus noch leben tät –
wäre der dann ein besserer zauberer
als der harry potter
opa   da harri bodor
er spricht harry nicht englisch sondern als harri
da bodor harri – der fußballer
der ist doch kein zauberer nicht
ein guter fußballer – ja
aber dass der ein zauberer wär - ich glaub nicht
der kleine   opa - ich meine doch den harry potter

opa   ah - nicht den aus dem nachbarort

der kleine   nein - der aus england

opa   aus england - bei manchester spielt der aber nicht
  sonst würde ich ihn kennen

der kleine   vergiss es - spielen wir weiter
  sie spielen weiter
  die tochter kommt daher und hört eine weile zu –
  kaugummiblase

tochter   alter - wie fad is dieses spiel
  machen wir irgendwas cooles

der kleine   opa - was wär eigentlich passiert
  wenn der jesus einen zwillingsbruder gehabt hätte

tochter   dann wärns beide waisenkinder gwesn

opa   wie kommst du jetzt auf so einen unsinn

tochter   die maria war ja ka echte leibliche -
  sie verdeutlicht wieder mit anführungszeichen -
  mutter und einen richtigen vater gab es auch nicht
  also wärn beide von geburt an waisenkinder gwesn

der kleine   hätten die dann gestritten
  wer der echte jesus ist

tochter   dürftn dann nur zwillinge papst werdn

der kleine   wären dann in jedem dorf zwei kirchen

tochter   würde man dann beten
  im namen des vaters und der söhne und des - -

der kleine   vielleicht hätte jesus eine schwester gehabt

tochter   *mit kaugummiblase*
  gut - dann im namen des vaters und der kinder – -
  ich schau wieder rüber
  sie geht weg

der kleine   es wären sicher eineiige zwillinge gewesen
  also wahrscheinlich zwei buben
  welchen von den beiden hätten sie dann gekreuzigt

welcher wäre der bessere wunderheiler gewesen
könnten wir dann jedes jahr
zweimal weihnachten feiern -
mit zweimal weihnachtsferien
und zweimal osterferien –
drillinge wären cool gewesen - was meinst du opa
opa   ich weiß nur eines
wenn der jesus als bub auch so viel gefragt hätte
hätte ihn der josef - ich glaube er hätte ihn erschlagen
dann müssten wir jetzt gar keinen baum kaufen
der kleine   apropos baum
opa - gibt es bei bäumen auch zwillinge
opa   zwillinge – bei bäumen
der kleine   ja
opa   und wie tät das ausschauen
zwei bäume aus einer wurzel
der kleine   nein - keine siamesischen zwillinge
ganz normale
opa   ganz normale zwillinge – bei bäumen – na klar –
was denn sonst
hat doch fast jeder schon heutzutage
der kleine   echt - das gibts wirklich
so einen baum brauchen wir
er springt aus dem auto
bin gleich wieder da
opa   he - wo willst du denn hin - bleib da
der kleine   ich muss papa nur schnell
etwas ganz wichtiges sagen   *er läuft weg*
wieder kommen ein paar leute am musikanten vorbei
wieder wirft einer geld hinein
als sie weg sind zählt der straßenmusikant sein geld
freut sich - packt seine sachen ein und geht weg

szene 8 - der letzte baum

vater schau her mein bub - wie wärs mit dem

sohn ich weiß nicht

vater was heißt ich weiß nicht

sohn naja - also ehrlich gesagt
  möchte ich jetzt gar keinen christbaum mehr

tochter ich auch nicht *kaugummiblase*

vater was
  und dafür stehen wir so lange in der kälte herum
  meint ihr ich hätte nichts anderes zu tun gehabt -
  verwöhnt seid ihr heutzutage alle
  viel zu sehr verwöhnt -
  da fragt man immer
  und nimmt rücksicht auf dieses und jenes
  und was bringt es – nichts - aber nicht mit mir
  hört ihr - mit mir nicht
  ganz streng
  ihr sucht jetzt einen baum aus

tochter mir ist kalt - machts ihr das und beeilts euch

sohn *zum vater* machen wir es so
  du suchst aus was du willst
  und ich such mir einen eigenen

vater was ist los - einen eigenen baum willst du
  so einen unsinn habe ich überhaupt noch nie gehört

sohn ja - ich möchte meinen eigenen baum
  und es ist mir wurscht wie er aussieht

tochter dann möcht i auch an eigenen
  darf ich mir auch einen aussuchn

vater nichts da - ich kaufe jetzt einen baum
  dass wir wieder nachhause fahren können
  schön langsam wird mir nämlich auch schon kalt

der kleine *kommt daher*

ich will einen zwillingsbaum
ich will einen zwillingsbaum
alle drei blicken ihn erstaunt an
vater seid ihr jetzt schon alle verrückt geworden
was willst du - einen zwillingsbaum
der kleine nein – ääh - eigentlich alle zwei
denn sonst weiß man ja nicht dass es zwillinge sind
der straßenmusikant kommt - sucht nicht lang herum
kauft einen baum
wünscht frohe weihnachten und geht wieder
tochter *ganz begeistert von der zwillingsbaum-idee*
zu ihrem bruder
super idee alter – darauf wär ich nie gkommen
erzähl - wie schautn sowas aus
der kleine na wie zwillinge halt so ausschauen
sohn meinst du eineiige oder zweieiige
der kleine solche wo alles ganz gleich ist
die farbe - die größe –
alle äste müssen ganz gleich ausschauen
sie müssen sogar ganz gleich viele nadeln haben
tochter cool
sohn genau
und dann müssen wir sie auch ganz gleich schmücken
ast für ast - immer genau gleich
vater schluss jetzt mit diesem unsinn
wir werden jetzt -
verkäufer geht ihr bitte ein stückerl zur seite
ich möchte gern zusperren – danke
vater was – nein - sie sperren jetzt nicht zu
wir brauchen noch schnell einen baum
sohn zwei bäume
der kleine zwillingsbäume

tochter drei –
  ein zwillingspärchen und i möcht a bäumin
  kaugummiblase
verkäufer *zur tochter*
  tut mir leid - wir haben keine bäume mehr
vater waaas – sie haben keinen baum mehr
verkäufer sie haben ja gehört was ich gesagt habe
vater na super - jetzt hamma den scherm auf
  was machen wir jetzt
  halt - da steht ja eh noch einer - so ein glück
  der schaut eh nicht so schlecht aus - was kostet der
verkäufer der baum - der kostet nichts -
vater na was sagst – bub
  wie haben wir das wieder hingekriegt
  jetzt bekommen wir unseren christbaum sogar gratis
  eure mutter wird stolz auf uns sein
verkäufer - das ist nämlich mein baum
  den stelle ich bei mir daheim auf
vater was – he - dableiben – her mit dem baum
verkäufer pfiat eich - frohe weihnachten
  er nimmt den baum - sperrt zu und geht
  die drei bleiben verdutzt zurück
vater na jetzt schaunma aber schön aus
  der opa kommt daher
opa na - wie schauts aus mit unserem christbaum
sohn schlecht
tochter es gibt keinen mehr
opa was heißt es gibt keinen mehr
tochter *sehr gescheit* hast es ja ghört
  das heißt dass es keinen mehr gibt
sohn *noch gescheiter* nicht keinen mehr
  sondern überhaupt keinen – ausverkauft

103

opa *ungläubig fragend* ausverkauft
wir kriegen heuer keinen christbaum
nein - das gibt es sicher nicht
ich habe die letzten 80 jahre
mit einem christbaum weihnachten gefeiert
und ich werde das auch heuer tun
wie soll man denn sonst weihnachten feiern
der kleine opa
wieso kauft man überhaupt einen christbaum
tochter weil dir keiner einen schenkt – alter
opa *zum kleinen* warum man einen christbaum kauft
zu sich so eine frage
zum kleinen weil – so ist das eben
alle kaufen einen christbaum
der kleine wieso opa - wieso kaufen alle einen
opa *zum vater* ist der wirklich mein enkelkind
zum kleinen weil alle weihnachten feiern wollen
jetzt stell dir vor
die nachbarn - oder irgendwer – kämen auf besuch
und wir hätten keinen christbaum
die müssten sich denken
wieso haben die keinen baum -
wie feiern die weihnachten
der kleine und wieso braucht man
zum weihnachten-feiern einen baum – opa
opa *überlegt kurz* na was sollte man sonst schmücken
den dings etwa - den kleiderständer
der kleine
wieso muss man überhaupt etwas schmücken - opa
vater *resolut* wieso wieso
wie willst du denn sonst weihnachten feiern
hört jetzt endlich auf

hättet ihr nicht so viel gefragt
und nicht so sinnlos herumdiskutiert
hätte alles bestens funktioniert
mit hängenden köpfen schleichen alle zurück zum auto
nur die tochter bleibt stehen
und macht eine extra große kaugummiblase
tochter was solln das schon wieder heißn – alter
funktioniert xmas nur
wenn man nicht drüber nachdenkt
dann läuft sie den anderen hinterher
das mädchen das zuvor
auf die sachen des musikanten aufgepasst hat
kommt mit einer gitarre vorbei
setzt sich auf ihren hocker
und zupft irgendwie auf dem instrument herum
der straßenmusikant kommt mit seinem baum vorbei
und hört kurz zu
musikant das wird schon noch
hier ich habe noch ein wenig geld übrig - viel erfolg

szene 9 - die heimfahrt
die familie ist auf der heimfahrt
vater die polizei ist hinter uns
kurz danach - schon etwas nervös
warum fährt die polizei hinter uns her
da hört man bereits leise tatü-tatü tatü-tatü -
opa hast du etwas getrunken
vater *sehr nervös*
wo bitte soll ich etwas getrunken haben
es wird lauter - tatü-tatü tatü-tatü -
sohn mach die rettungsgasse
tochter geh bitte

wie soll er allein die rettungsgasse machen
is ja niemand da außer uns
opa bist du gegen die einbahn gefahren
vater *unfreundlich* ja sicher –
  bei rot in der fußgängerzone und ohne sturzhelm
  es wird noch lauter - tatü-tatü tatü-tatü -
der kleine musst du jetzt ins gefängnis – papa
vater *nahe am verzweifeln*
  ruhe jetzt - ich kann mich nicht konzentrieren
  jetzt ganz laut - tatü-tatü tatü-tatü –
  dann immer leiser werdend - tatü-tatü tatü-tatü –
  bis es nicht mehr zu hören ist
opa haben wir sie jetzt abgehängt
tochter *verächtlich* papa und wen abhängen
  abbogn sinds die feigen typen

szene 10 - wieder zuhause
  mutter oma und maria mit ihrem kind sitzen bei tisch
  und spielen mit dem kleinen
mutter na wo is er denn - unser kleiner maxi
  na wo denn
  zu maria schau wie er mich anlacht – ist das süß
oma *zu mutter* mich lacht er an mein liebes kind – mich
  zu maxi gell mein herzi-binki - sag schön
  dass du deine urli-oma anlachen tust - na sags schon
mutter lass sie reden maxi
  wir zwei wissen dass du mich anlachst – gell
  was meinst du maria - wen lacht er an
maria *schaut ihr kind wie prüfend an* beide –
  ja - ich glaube er lacht euch beide – aus
  weil ihr euch gar so kindisch benehmt
  das baby lacht herzhaft

106

hör ich da etwas
ich glaub es kommt jemand
oma   hoffentlich nicht schon wieder die nachbarin
zur mutter
geh hin und sag wir sind nicht daheim
die tür geht auf und herein kommt als erste die tochter
mit einer kaugummiblase und ziemlich gleichgültig
gefolgt von den beiden anderen kindern
die sehr niedergeschlagen sind
zuletzt vater und opa
opa   soda - das wars mit dem baum - der fall ist erledigt
vorwurfsvoll in richtung vater
das haben wir wieder einmal super hingekriegt
gratuliere
mutter   was ist denn los
hat irgendetwas nicht geklappt
opa   irgendetwas nicht geklappt
das wäre ja noch ganz ok – was heißt ok
großartig wäre das sogar - aber es hat nichts geklappt
hörst du – nichts - überhaupt nichts - gar nichts – null
wir können weihnachten heuer ohne baum feiern
tochter   chillen opa – chillen   *kaugummiblase*
mutter   *in sehr strengem ton*
ihr habt wirklich keinen baum gekriegt
vater   *zeigt auf seine kinder*   da - frag sie wieso
mutter   *zu oma*   ich glaub es nicht
die kommen tatsächlich ohne baum daher
zu maria   na - was hab ich gesagt –
ich habs dir gesagt – oder –
alle beginnen im durcheinander
und ständig dasselbe zu schreien
vater   nächstes jahr kaufst du den baum

ich tu mir das nicht mehr an
dafür stehe ich nicht zwei stunden in der kälte herum
opa   achtzig jahre bin ich schon
aber so etwas ist mir noch nie passiert
oma   weihnachten ohne christbaum –
eine schande ist das - eine schande
was werden da die leute sagen
der kleine   ich möchte einen christbaum
ich möchte einen christbaum –
das baby beginnt zu weinen
nur sohn und tochter bleiben entspannt
sohn   ist doch egal - feiern wir eben ohne christbaum
tochter   coole einstellung – alter
wird sicher a chilliges fest
mit diesen worten ziehen sie den vorhang zu
die nachbarin kommt daher
und schaut geheimnisvoll ins publikum
man merkt sie möchte etwas loswerden
nachbarin   ich habe gehört –
sie deutet dem publikum näher heranzurücken
das bleibt aber unter uns – erzählt es ja nicht weiter
von mir habt ihr nichts gehört – hört ihr
also - ich habe gehört - unsere nachbarn –
sagt aber ja nicht dass ich euch das erzählt habe –
haben keinen christbaum mehr bekommen
sie tut so als unterdrücke sie ein lachen
möchte aber gerade damit
das publikum zum lachen animieren
stellt euch das einmal vor
wie wollen die weihnachten feiern – ohne baum
aber ich hab es ihnen gesagt
ich habe der nachbarin gesagt

dass man nicht so lange warten darf
und meint ihr dass sie meinen rat –
meinen gut gemeinten rat – beherzigt hat
sarkastisch
nein - hat sie nicht - die liebe frau nachbarin
da ist sie sich wohl zu gut dafür
dass sie von mir einen rat annimmt
mit verdrehten augen
weiß ja immer alles besser
da könnte ich euch geschichten erzählen
aber so was mache ich ja nicht
ich rede über niemanden schlecht - ich nicht
weihnachten ohne christbaum –
sie schlägt die hände zusammen
gut - es geht mich ja nichts an
aber ich wäre schon neugierig
wie dieser heilige abend ausschaun wird
da sieht sie jemand vorbeigehen
frau huber - gut dass ich sie sehe - warten sie kurz
haben sie schon gehört
also das muss ich ihnen jetzt schnell erzählen –
im weggehen erzählt sie leiser und leiser werdend
diese sensationelle neuigkeit
als der vorhang wieder aufgeht
sieht man die mutter vor einem stapel von paketen stehen
mutter *in alle richtungen* ihr könnt hereinkommen
als erster kommt der kleine - vor freude springend
dann der sohn - auch noch einigermaßen erwartungsfroh
die tochter - cool wie immer
maria - mit dem kind beschäftigt
und schließlich die anderen drei - merklich betroffen
so - und jetzt gibts die geschenke

schaut was das christkind alles gebracht hat
sie nimmt eines der pakete
wem das wohl gehört – ah - hier stehts - für –
sie teilt eins nach dem anderen aus
wobei sie jeden bei seinem namen nennt
alle nehmen die geschenke erfreut entgegen
aber keiner macht anstalten
auch nur eines der pakete zu öffnen
was ist denn los
seid ihr gar nicht neugierig was drinnen ist
sohn   doch aber -
mutter   aber - was heißt aber - macht schon auf
tochter   geh mam - jetzt nerv nicht
mutter   und was ist mit dir – kleiner
  schau – das gehört dir – mach es auf
  er will der aufforderung schon erfreut nachkommen
  da schaut ihn sein bruder streng an
der kleine   gern aber – nein - ich will nicht
mutter   na gut - dann geben wir die ganzen geschenke
  dem christkind einfach wieder zurück
der kleine   *erschrocken*   nein
mutter   na was jetzt
sohn   *zerknirscht*   es tut mir leid mama
  aber es geht nicht
  ich kann so nicht weihnachten feiern
  ohne christbaum geht das nicht
  er wendet sich seinem vater zu
  papa - tut mir leid dass ich das verbockt habe
tochter   hast ausnahmsweise einmal recht
  bruderherz - wir haben das verbockt
  in die runde   tschuldigung
  der kleine beginnt zu weinen

110

der rest der runde schweigt
oma *den kindern hoffnung machen wollend*
wir könnten uns umhören
ob irgendwer in den weihnachtsferien wegfährt
und daher den christbaum nicht mehr braucht -
vater *ergreift den vielleicht rettenden strohhalm*
dann borgen wir uns den baum aus
und feiern weihnachten wie sich das gehört
seid ihr einverstanden
allgemeines nicken
na gut - wir verschieben also weihnachten
bis wir einen christbaum finden
mutter genau - aber jetzt gehen wir schlafen
es ist schon spät
der kleine *traurig und seufzend aber guten willens*
ja - so machen wir es - feiern wir morgen
sohn macht ja nichts - morgen ist ja auch noch zeit
tochter also gut - machen wirs so
heute bringts ja eh nichts mehr
der vorhang geht zu
da ertönt leise musik
der vorhang geht wieder auf
und auf der bühne steht ein christbaum
alle stürmen herein – sie haben die musik gehört
die jungen im pyjama
oma im nachthemd – opa mit nachthemd und zipfelmütze
der kleine ein christbaum - wir haben einen christbaum
tochter was wardn das für a arge musik vorhin
sohn wo kommt dieser baum plötzlich her
tochter baum - wo bitte siehst du hier einen baum
das ist eindeutig eine bäumin
vater nicht schon wieder - es reicht jetzt

oma   so ein schöner baum
mutter   und das ist kein dummer scherz von euch
   ihr habt heute nachmittag
   wirklich keinen baum mehr bekommen
alle   *die einkaufen waren*   neiiiiin
mutter   dann haben wir da
   ein echtes weihnachtswunder
opa   achzig jahre bin ich schon
   aber so etwas habe ich noch nie erlebt
mutter   also - jetzt endgültig ab ins bett
   und morgen wird weihnachten gefeiert – gute nacht
   alle verabschieden sich mit einem gute nacht
   als letzte oma und opa die den vorhang zuziehen
   der opa streckt seinen kopf noch einmal heraus
   als der applaus schon im gange ist
opa   schluss mit dem krawall –
   ich will jetzt endlich schlafen
   geht nachhause - gute nacht

herbergsuche 2017

<u>szene 1 - das gespräch</u>
    petrus und thomas sitzen irgendwo im himmel
und fadisieren sich
unten auf der erde stehen drei gäste
in einem gastgarten und unterhalten sich
an der tür hängt eine tafel mit der aufschrift
zimmer frei
    ein **musikant** *taucht auf*
er sucht einen passenden platz um ein stück zu spielen
die drei gäste schauen interessiert zu
ein paarmal scheint es als hätte er seinen platz gefunden
er setzt die trompete an
nimmt sie wieder ab und geht suchend weiter
als er vor den gästen spielen will drehen die sich weg
der musikant gibt auf und geht unverrichteter dinge weg
    petrus und thomas verfolgen die szene sehr gelangweilt
petrus nickt beinahe ein
da kommen drei theologiestudentinnen daher
und das interesse von petrus steigt
auch die gäste schauen jetzt wieder interessiert zu
studentin 1   *im dahergehen*
  - aber die unglaublichste geschichte überhaupt
  die unglaublichste geschichte aller zeiten
  ist wohl eine ganz andere
studentin 2 u 3   welche denn
studentin 1   ich würde sagen das ist wohl die
  als damals ein gewisser josef von nazareth
  mit seiner schwangeren freundin maria
  von galiläa nach judäa hinaufzog -

113

studentin 2 *zu 3* wohin
studentin 3   zuckt nur mit den schultern
studentin 1 - um sich in der stadt bethlehem
so wie es kaiser augustus
allen bewohnern seines reiches befohlen hatte
in eine steuerliste eintragen zu lassen
studentin 2 ja genau
das ist wirklich eine unglaubliche geschichte.
studentin 3 ich glaub sie auch nicht
studentin 1 *sieht die beiden böse an*
maria war - wie schon gesagt - schwanger
und das war eigentlich
das unglaubliche an dieser geschichte
wo doch sie selber
die botschaft des erzengels gabriel
zunächst einmal sehr bezweifelt hatte
studentin 2 *zu 3* ja - wenn sie es
nicht einmal selber geglaubt hat - -
studentin 3 eben - und wir sollen es
studentin 1 *in richtung der beiden anderen*
fürchte dich nicht - *sie erschrecken*
auch die 3 gäste starren sie an entgeistert an
- hatte der engel zu ihr gesagt
du hast bei gott gnade gefunden
du wirst ein kind empfangen
einen sohn wirst du gebären
dem sollst du den namen jesu geben -
studentin 3 *zu 2* verstehst du wovon die da redet
studentin 2 *schaut lange ziemlich ratlos drein*
dann meint sie wie selbstverständlich
na klar - sicher verstehe ich das
studentin 3 echt

studentin 1 - wie soll das geschehen
  hatte maria ganz verwundert gefragt
  da ich doch keinen mann erkenne -
  zu den gästen die sie immer noch ungläubig anstarren
  grüß gott
  auch die anderen 2 studentinnen grüßen sie
  die gäste erwidern den gruß aber nicht
  sie drehen sich weg und tuscheln miteinander
  - aber schließlich
  hatte sie sich doch von gabriel überzeugen lassen
  dass dies alles kein schwindel sei
  und war nun also auf einem esel - und mit josef
  der trotz einiger – na sagen wir unklarheiten –
  doch bei seiner maria geblieben war
  nach bethlehem unterwegs
studentin 2 unklarheiten
  was meinst du mit unklarheiten
studentin 1 naja - ihre schwangerschaft
  und wie es dazu kommen konnte
  niemand konnte es sich erklären -
  man kann es bis heute nicht –
  und trotzdem ist er bei ihr geblieben
studentin 3 ja - diese geschichte ist uns allen bekannt
  aber schockierend für mich ist dass die beiden
  als dann die zeit der niederkunft gekommen war
  von allen leuten abgewiesen wurden
  sodass jesus in einem stall
  in einer krippe zur welt kommen musste
  der studentin 2 fehlen die worte als die dritte so mitredet
studentin 1 du hast recht
  das ist wirklich schockierend
  aber was meint ihr - was wäre wenn –

- was wäre wenn jesus heuer – im jahr 2017 –
zur welt kommen würde
studentin 2 ich habe keine ahnung
studentin 3 du meinst in unserer zeit
hier mitten unter uns
das wäre wirklich interessant
studentin 1 wie würde die geschichte dann verlaufen
würde man josef und maria wieder abweisen
müsste jesus wieder in einem stall zur welt kommen
jetzt - wo man doch eh schon bescheid weiß
damals – na ja damals konnten die leute nicht wissen
was los ist - aber heute
ich glaube dass es klappen würde
was meint ihr
studentin 2 ich – naja – also - ääh - ich weiß nicht
zur studentin 3 meint sie sarkastisch
sag du etwas - du kennst dich ja so gut aus
studentin 3 du meinst also wirklich
dass sie heutzutage – hier bei uns –
ein quartier finden würden
ich kann es mir nicht vorstellen
aber wir werden es wohl nie erfahren
also lassen wir dieses thema
studentin 2 genau - lassen wir dieses thema
tschüss - bis zum nächsten mal

szene 2 - die wette
petrus und thomas
die das geschehen bis jetzt wortlos verfolgt haben
beginnen nun ein gespräch
das die drei gäste noch mehr irritiert
sie sehen niemanden hören aber die beiden sprechen

also schauen sie wie zuschauer bei einem tennismatch
immer hin und her

petrus hast du das gehört – thomas

thomas *noch immer sehr gelangweilt*
was denn

petrus dieses gespräch – dieses interessante gespräch
da sitzen wir nun jahraus jahrein hier im himmel
und nichts tut sich
und plötzlich dieses interessante gespräch

thomas geh petrus - was ist denn daran so interessant

petrus na diese idee dass josef und maria
heute mehr erfolg hätten mit ihrer herbergsuche
als damals

thomas glaub ich nicht

petrus was – was glaubst du nicht

thomas dass sie erfolg hätten
dass sie heute mehr erfolg hätten
dass sie heute - im jahr 2017 – oder irgendwann
mehr erfolg hätten als damals

petrus deswegen nennt man dich ja auch so
wie man dich nennt - den ungläubigen thomas

thomas so nennt man mich

petrus ja

thomas wer

petrus alle

thomas glaub ich nicht

petrus *breitet die arme aus*
als wolle er die ungläubigkeit des thomas
der ganzen welt präsentieren
was soll man da noch sagen
nach längerer pause
ich biete dir eine wette an

thomas   was für eine wette
petrus   ich wette mit dir
  dass josef und maria heute
  wenn sie heute unterwegs wären – so wie damals
  sofort eine herberge finden würden
thomas   glaub ich nicht
petrus   das ist gut
thomas   *ganz perplex*
  was – warum ist das gut
petrus   weil wir sonst nicht wetten könnten
  du wettest dagegen – ok
thomas   ok - du wettest dagegen
petrus   nein - du wettest dagegen
thomas   du doch auch – oder
  wir wetten doch beide
  gegen die meinung des anderen
petrus   gut - also wenn ich die wette gewinne -
thomas   glaub ich nicht
petrus   - wirst du vorübergehend
  meinen dienst am himmelstor übernehmen
  sagen wir - für - 100000 jahre
thomas   sagt man wirklich
  ungläubiger thomas zu mir
petrus   ja - sagt man - wundert dich das wirklich
  thomas gibt keine antwort
  daher fährt petrus nach einiger zeit fort
  was ist - nimmst du die wette an
thomas   *nach langer nachdenkpause*
  wenn ich gewinne möchte ich
  dass du zum chef gehst und ihn bittest
  diese störende software
  von meiner festplatte zu entfernen

118

petrus störende software
  was meinst du damit
thomas das was alle hier - *er deutet auf das publikum*
  und auch dich offensichtlich sehr stört -
  meine angebliche ungläubigkeit
petrus aber die stört mich nicht im geringsten
thomas *total überrascht* glaub ich nicht
petrus aber wenn ich es dir doch sage
  mich stört deine angebliche ungläubigkeit nicht -
  nur deine tatsächliche
thomas also doch - ich habs ja gewusst
  und das möchte ich nicht mehr
  ich möchte für die menschen nicht mehr der
  ungläubige thomas sein
  ich möchte für sie ein positiver typ sein
  einer den man ernst nimmt
  einer über den man nicht immer sagt
  ah - den thomas meinst du - den ungläubigen
  bei dir sagt ja auch niemand
  ah - den petrus meinst du
  den - - na was auch immer
petrus *überlegt*
  schau - wenn du wirklich gewinnst
  was ich mir ja nicht vorstellen kann
  dann verdankst du das
  einzig und allein deiner ungläubigkeit
  willst du also wirklich auf dieses erfolgsrezept
  auf deine herausragendste eigenschaft
  die dich unverwechselbar gemacht hat
  einfach verzichten
  vorschlag - überleg dir - während die wette läuft
  einen anderen einsatz für mich

du findest bestimmt etwas

thomas   glaub ich nicht

petrus   jetzt hör endlich auf damit

thomas   siehst du - genau das will ich
wie willst du die wette überhaupt - ich meine
wie soll das überhaupt vor sich gehen
das mit der wette

petrus   ja - also wir könnten es so machen
wir schicken zwei von unseren engeln
auf die erde hinunter
die sollen sich als josef und maria ausgeben
und um herberge bitten
und wir geben ihnen – sagen wir –
fünf chancen
finden sie wirklich niemanden
der sie aufnehmen würde
hast du gewonnen
finden sie aber ein quartier
bin ich der sieger – einverstanden

thomas   ok - aber ich bleibe dabei
ich möchte nicht mehr der ungläubige sein

petrus   na - wir werden sehen
er klingelt mit seinem schlüsselbund – nichts
er klingelt nocheinmal
da schweben auch schon zwei engel gemütlich daher
noch nichts von lichtgeschwindigkeit gehört –
ihr zwei
das nächste mal ein bisschen flotter
wenn ich bitten darf
folgendes
ihr verkleidet euch als josef und maria -
die maria muss übrigens schwanger sein -

120

und steigt auf die erde hinunter
unten schnappt ihr euch einen esel
und sucht so lange
nach einer kostenlosen unterkunft für die nacht
bis wir euch wieder heraufholen - alles klar
und bemüht euch
thomas   aber nicht zu sehr
wenn ihr kein quartier findet macht es auch nichts
so - und jetzt ab mit euch
die beiden engel schweben wieder davon -
der **musikant** *sucht immer noch*
nach einem passenden platz
endlich beginnt er zu spielen
bricht aber mitten im lied plötzlich ab und geht weg -
kurz darauf erscheinen die beiden engel
als josef und maria
maria ist schwanger und sitzt auf einem esel
die beiden apostel beobachten alles sehr genau
die drei gäste unterhalten sich wieder

szene 3 - im hotel
josef müht sich mit dem esel daher
da sieht er plötzlich das hotel
josef   da - ein hotel
maria   versuchen wir es
es ist niemand zu sehen – josef geht suchend herum
nobel ist es hier
josef   ist da jemand
maria   komm wir gehen wieder
hier können wir uns eh kein zimmer leisten
josef klopft einmal - nichts - ein zweites mal –
endlich meldet sich jemand

121

ober ja ja - ich komm ja schon
 wo ist denn der portier schon wieder
 er kommt heraus - geht um sie herum
 mustert sie gründlich und meint wie zu sich selbst
 na wie schaun denn die aus
 haben die nicht gesehen
 dass wir ein vornehmes hotel sind
 zu den beiden aber sagt er
 guten abend - womit kann ich dienen
josef wir sind aus nazareth
 ich bin josef und das ist maria - meine verlobte
 wir suchen ein zimmer
gast 1 herr ober - was ist denn das plötzlich
 wo kommt dieser unangenehme geruch her
ober es sind gäste da - mit einem esel
gast 2 gäste - mit einem esel
gast 3 wenn sie die hereinlassen gehen wir
ober beruhigen sie sich meine herrschaften
 ich mach das schon
 mit diesen worten
 dreht er sich wieder zu den neuankömmlingen
 und was sagten sie - woher kommen sie
josef aus nazareth
ober nazareth - nazereth –
 sie meinen wohl nassereith - nassereith in tirol
josef nein - nazareth im heilign land
ober na sag ich doch - aus dem heiligen land tirol
 nassereith - jaja - da war ich doch
 vor ein paar jahren über die wintersaison
josef wie gesagt – wir suchen ein zimmer
ober wie hat sie nur geheißen
 ah ich weiß schon - annemarie - kennen sie sie

josef und maria schütteln den kopf
im gasthof zur post hat sie gearbeitet
die annemarie - dort hab ich sie kennen gelernt
so groß zirka - blond und –
er deutet in erinnerungen schwelgend ihre kurven an
ihr kennt sie nicht
kopfschüttelnd und zu sich selbst fährt er fort
die sind womöglich gar nicht aus nassereith
sehr vertrauenserweckend
schaun sie sowieso nicht aus
dann gehts wieder im freundlichsten ton weiter
ihr wollt also ein zimmer
sie nicken beide eifrig und hoffnungsvoll
mal schaun was wir da machen können
er geht zur tür und dreht die tafel
zimmer frei
auffällig unauffällig um
nun zeigt sie
besetzt
und er meint
leider - ihr seht ja
wir haben im moment nichts frei
zu sich   dass ein esel allein so stinken kann
maria   wir sind nicht anspruchsvoll
  wir nehmen auch was billiges
ober   was billiges - es gibt hier keine billigen zimmer
  wir setzen auf qualitätstourismus
  nur das beste ist gut genug
  unsere gäste sind keine gewöhnlichen esel – nein
  unsere gäste sind richtige goldesel - guten abend
  er geht zur tür und wartet mit verschränkten armen
  bis die beiden weg sind

josef guten abend
  und deswegen sind wir hierhergekommen
  so gemütlich hätten wirs zuhause gehabt
  als sie weg sind dreht der ober die tafel wieder um
ober da könnte ja jeder kommen
thomas eins zu null für mich
petrus ein hotel - noch dazu ein so vornehmes
  das ist klar dass sie da nicht unterkommen
  die nächste adresse suche ich alleine aus
thomas meinetwegen

szene 4 - die hausfrau
maria das ist eine sympathische gegend
  hier wohnen sicher einfache ehrliche leute
  die uns gern ein zimmer geben
josef bist schon sehr müde - mein liebling
  gleich werden wir
  in einem warmen weichen bett liegen
  und uns ausruhen können
maria ich fürchte so einfach wird es nicht werden
  hoffentlich kriegen wir überhaupt irgendetwas
josef irgendetwas - einen stall womöglich
  nein - du wirst dein kind
  in einem ordentlichen zimmer zur welt bringen
  josef klopft - eine frau mit kochlöffel in der hand öffnet
  und erschrickt als der esel vor ihr steht
frau *mit resoluter stimme* marandjosef
maria hast du das gehört josef - sie hat uns erkannt
frau marandjosef – jetzt bin ich aber erschrocken
josef *zu maria* endlich wer der uns kennt
  zur frau darf ich uns trotzdem vorstellen
  ich bin der josef - wir kommen aus nazareth

und das -
frau wo kommst du her - aus nazareth
und so fahrt ihr auf urlaub
josef wir sind nicht auf urlaub
so etwas können wir uns nicht leisten
das ist übrigens meine verlobte maria
frau *sie sieht maria an und schlägt die hände zusammen*
jessas - die ist ja hochschwanger
josef *zu maria*
und wer unser kind sein wird weiß sie auch schon
maria hier kriegen wir bestimmt ein zimmer
frau in diesem zustand
traust du dich noch fort mit ihr
also das ist doch wirklich allerhand ist das
josef ist nicht so wild
können wir bei ihnen ein zimmer haben
für die nacht
frau sei bloß froh dass du nicht mir gehörst
ich würde mir das nicht gefallen lassen
josef aber ich will doch nur -
frau jetzt schau aber schnell
dass du nachhause kommst
und kümmere dich um deine arme frau
die kriegt ja jeden moment ihr kind
ihr männer seid doch alle gleich
maria bitte - nur für diese eine nacht
frau jetzt wirst du ihn doch nicht
auch noch verteidigen - du dummes ding
josef es ist nämlich so
dass wir schon sehr sehr müde sind
frau du gehst jetzt sofort heim mit ihr
händeringend wendet sie sich ab

125

heilige madonna
was muss ich denn noch alles mitmachen
sie geht weg - dreht sich aber noch einmal um
die kennen keine verantwortung mehr
die jungen leut
sie geht ins haus und lässt die beiden einfach stehen
josef *zu sich selbst* ich glaube
die hat uns doch nicht erkannt
gehen wir weiter
thomas zwei zu null
also deine adresse war auch nicht besser
wie solls weitergehen
petrus ich würde vorschlagen wir lassen sie es jetzt
bei so richtig gläubigen leuten versuchen
gebetsgemurmel ist zu hören
petrus wird darauf aufmerksam
da hörst du das
in diesem haus wird gebetet - da sind wir richtig
thomas na wenn du meinst

szene 5 - die 3 beterinnen
das beten wird lauter - josef und maria kommen daher
maria hörst du das – josef
da könnten wirs versuchen
josef also ich weiß nicht
glaubst du wirklich dass wir da stören sollten
maria hier finden wir bestimmt ein zimmer
dieses haus schaut so nett aus
josef klopft - das beten verstummt augenblicklich
aber nichts passiert
josef klopft nocheinmal
beterin 1 *steckt ihren kopf aus der tür*

und fragt mit hoher unangenehmer stimme
ja - was gibts
beterin 2   wer ist das
beterin 3   was wollen die
maria   wir kommen aus nazareth
ich bin maria und das ist josef - mein verlobter
dürfen wir sie um einen gefallen bitten
die beterinnen kommen nun eine nach der anderen
ganz aus dem häuschen
beterin 1   also ich hab jetzt keine zeit nicht
beterin 2   mir haben gerade
unsere wöchentliche gebetsrunde
die mir jede woche haben
beterin 3   mir beten zur gottesmutter maria
um mehr nächstenliebe zu den nächsten in der welt
maria   das trifft sich gut - ich bin nämlich die maria
beterin 1   es ist nicht gut nicht
wenn man immer nur an sich selber denken tut
beterin 2   man versündigt sich so leicht
mit seinen sünden
beterin 3   es gibt so wenig nächstenliebe
zu den nächsten auf der welt
maria   ihr müsst keine angst haben
ich bin es wirklich
beterin 1   ihr solltet ein bisschen mehr achtung
vor der gottesmutter solltet ihr haben
beterin 3   es gibt so viel hoffart
und so wenig nächstenliebe
zu den nächsten auf der welt
beterin 2   heilige gottesmutter bitte für uns
maria   aber gern
*der **musikant** kommt daher*

alle wundern sich über ihn - sagen aber nichts
sie weichen ihm aus
weil er gar nicht zu merken scheint
dass er nicht alleine ist
als er in richtung beterinnen spielen will
verschwinden diese
und tauchen auf der anderen seite wieder auf
josef *versucht es nocheinmal*
   weil wir grad davon reden
   wir hätten da eine kleine bitte –
   wir bräuchten ein zimmer
   wir sind schon lange unterwegs
   und richtig müde
   aber ohne erfolg
   eine nach der anderen zieht sich zurück
beterin 1 ein gebet zur muttergottes hilft immer
   jedes mal
beterin 2 ich glaube
   wir sollten jetzt wieder hineingehen - glaube ich
beterin 3 ich bin nämlich heute die vorbeterin
   die heute vorbeten darf
josef *sehr sarkastisch zu maria*
   dieses haus schaut so nett aus
   also mir hat es gleich nicht gefallen
maria gehn wir weiter
   wir weden schon etwas finden
   das gebetsgemurmel setzt wieder ein
   während josef und maria weiterziehen
   und verstummt dann langsam wieder
thomas drei zu null –
   warum überrascht mich das gar nicht
petrus wir machen jetzt folgendes

wir tauschen die mannschaft aus
der esel kann bleiben - der josef meinetwegen auch
aber alle anderen werden neu besetzt – ok
thomas *sehr erstaunt* alle anderen
er sieht sich nach besagten anderen um
na wie du willst
von mir aus kannst du auch
die originalbesetzung hinunterschicken
petrus sicher nicht
das haben wir eh schon einmal gehabt
und wo sind sie gelandet – in einem stall
thomas also was schlägst du vor
petrus na gut – dann sollen sie weitermachen

szene 6 – im schauspielhaus
maria hier ist es
wie es uns der nette herr vorhin beschrieben hat
schaut nicht schlecht aus - oder
josef viel zu vornehm - das siehst du doch
aber wenn du willst probieren wir es
er klopft – er will gerade ein zweites mal klopfen
da öffnet eine angestellte
angestellte der eingang für die schauspieler
ist da hinten - *sie geht wieder hinein*
josef und maria schauen einander ratlos an
maria probier es noch einmal
josef klopft wieder
angestellte habt ihr ihn nicht gefunden
einfach durch den hof nach hinten
ihr könnt ihn gar nicht verfehlen
josef wir sind zu ihnen gekommen
weil wir gehört haben

dass sie einen alten stall hätten
und das wäre für uns genau das richtige
angestellte ok - dann müsst ihr zu dem eingang
den ich euch beschrieben habe
die bühne ist schon aufgebaut
ich glaube es wird eh schon geprobt
die angestellte zieht sich wieder zurück
maria ich glaube
die verwechselt uns mit jemandem
lass mich das machen
so von frau zu frau ist alles ein bisschen einfacher
sie steigt ab und geht langsam richtung tür
josef jetzt sind wir kaum auf der erde herunten
und schon hast du dich von dieser ewigen debatte
über die rolle der frau anstecken lassen
ist das nicht vollkommen
egal ob ein mann oder eine frau anklopft
maria ja schatz - träum schön weiter
ich mach das inzwischen
josef *zu sich selbst*
was hab ich diesem petrus nur getan
dass er mich so bestraft
im himmel wäre alles so relaxed und friedlich
und der schickt mich mit frau und esel auf die erde
wo alle so nervös sind
maria klopft
ob das das ganze jahr so ist
oder nur zur weihnachtszeit
maria hat inzwischen die angestellte
ein drittes mal herausgeklopft
maria das mit dem eingang haben wir eh verstanden
aber ich glaube

es liegt ein kleines missverständnis vor
die angestellte wird neugierig
männer sie wissen ja
die angestellte nickt sofort sehr verständnisvoll
alles muss man selber machen
angestellte   *jetzt sehr freundlich*
  also - was habt ihr für ein problem
maria   ich bin die maria und – der dort –
  ist mein mann - der josef
  wir kommen aus nazareth
  und suchen ein zimmer für die nacht
  oder für ein paar tage
  sie zeigt auf ihren bauch
  es kann nämlich nicht mehr lange dauern
angestellte   gehört ihr nicht zu dieser -
  laienschauspielgruppe
  die heuer wieder spielen soll
josef   nein
maria   *wirft ihm - weil er sich wieder einmischt –*
  einen bösen blick zu
  nein
  wir sind wirklich maria und josef aus nazareth
  sie wissen schon -
angestellte   *zunächst sarkastisch*
  aha - josef und maria
  hab ich mir eh gleich gedacht
  dann distanziert
  also meiner meinung nach seid ihr nicht
  keine besonders guten schauspieler
  sondern ganz miserable
  euch kann man diese rolle nicht abnehmen
  da spielt ja selbst die schultheatergruppe besser

maria *versucht zu retten was noch zu retten i*st
ganz im vertrauen - meine liebe
josef verdreht die augen
genau genommen
sind wir wirklich nicht die echte heilige familie
sondern wir sind zwei engel
die von petrus auf die erde geschickt wurden
um zu überprüfen
ob wir ein zimmer bekommen würden –
die angestellte schaut immer ungläubiger
immer misstrauischer drein
weil er mit thomas gewettet hat - -
die angestellte glaubt ihr kein wort
und ist nun sehr verärgert
angestellte ich sag dir was
du kannst dir eine andere blöde suchen
ich bin auf so etwas nicht neugierig
und jetzt - schleichts euch
jemand *kommt heraus*
was ist denn los – mausilein
wer hat dich denn geärgert
angestellte diese zwei wahnsinnigen da draußen
die wollten mir einreden
sie wären die heilige familie
jemand die heilige familie
dass ich nicht lache - hahaha
und die glauben dass ihnen das wer glaubt
das glaub ich nicht
wer soll denn sowas glauben – unglaublich
immer mehr irre gibts auf dieser welt
josef und maria
müssen abermals unverrichteter dinge weggehen

132

josef wird sarkastisch – er äfft maria nach
josef   von frau zu frau –
    ich glaub so richtig überzeigt hast du sie auch nicht
maria   *während sie weggehen*
  jetzt hack auch noch du herum auf mir
  war es meine idee
  dass wir zwei hier gemeinsam - -
  meine idee war es nicht
  meine nicht - und das weißt du auch
  das war das erste und das letzte mal -
  wieder sucht der **musikant** *seinen platz*
  wieder bricht er das lied abrupt ab und geht weg
thomas   schön langsam entwickelt sich das
  zu einem debakel für dich
  4 zu 0 - du solltest dir etwas einfallen lassen
  wenn du noch gewinnen willst
petrus   wir machen es jetzt so
  wie heutzutage alles läuft
  wir überlassen die beiden
  einfach der öffentlichen hand
thomas   das ist eine gute idee
petrus   hier wohnt der bürgermeister
  der wird sich um das problem kümmern
thomas   na das glaub ich

szene 7 - der bürgermeister
maria   schau - hier wohnt der bürgermeister
  josef klopft – der bürgermeister kommt gerade nachhause
bürgermeister   guten abend - was führt sie zu mir
  ich - ich hab jetzt aber keine sprechstunde
josef   wir sind aus nazareth
  ich heiße josef - das ist maria - meine verlobte

133

bürgermeister nazareth –
  das kommt mir bekannt vor –
  sind sie etwa -
josef ja - die sind wir
bürgermeister - die aus der bibel
josef mit haut und haar
bürgermeister ah - das freut mich aber
  dass sie da gerade zu uns gekommen sind
  einen augenblick
  ich rufe jetzt sofort den oberamtmann an
  er nimmt sein handy und wählt
  die beiden lässt er während des telefonats einfach stehen
  ja grüß dich - ich bins - der kurtl
  - -
  dein bürgermeister
  - -
  ah - du hast dir eh gleich gedacht dass ich es bin
  super
  du - morgen – sagen wir um 9 uhr
  brauch ich unbedingt das fernsehen
  und einen fotografen
  ich hab da zwei hochinteressante leute bei mir
  die müssen unbedingt
  auf unseren neuen werbeprospekt
  - -
  was – wer sagt das
  - -
  nein - das muss gehen
  - -
  ja klar – unbedingt
  - -
  na gut - also tschüsschen

und einen schönen gruß an die frau gemahlin
zu josef meint er betont souverän
also - dann morgen um 9 uhr
maria   wir suchen ein zimmer
bürgermeister
  zimmer gibt es genug in unserem schönen ort
  sie werden bestimmt etwas finden
  aber durch die fußgängerzone
  dürfen sie mit diesem esel nicht gehen
  er zeigt ohne hinzusehen richtung esel
maria   aber das ist mein verlobter
bürgermeister   ich meine doch den da
  nun zeigt er deutlicher als zuvor auf den esel
maria   wir suchen jetzt schon seit zwei stunden
bürgermeister   sehr gut
  so würde ich das auch machen
  man kann doch nicht
  gleich beim erstbesten zimmer ja sagen
  seien sie ruhig ein bisschen anspruchsvoll
  und wählen sie sorgfältig aus
  mich müssen sie jetzt leider entschuldigen
  ich habe heute noch eine sitzung –
  mit dem landeshauptmannstellvertreter
  also guten abend
  es hat mich sehr gefreut und –
  seien sie pünktlich
  und weg ist er
  josef und maria sind enttäuscht
  sie wollen weiter aber der esel bockt
josef   jetzt geh weiter du dummer esel
maria   aber josef - wie kannst du so etwas sagen
  stell dir vor das kommt in die bibel

wortlos greift josef nach den zügeln und geht
thomas   *triumphierend*
   5 zu 0 - ich glaube ich habe gewonnen
   oder besser formuliert
   ich glaube nicht dass ich verloren habe
   ich glaub es nicht - ich glaub es nicht -
petrus   *sitzt enttäuscht da*
   wirklich nicht zu glauben
   ich brauch jetzt eine auszeit
   er steigt zum publikum hinunter
   machen wir pause
   wenn der chor will
   kann er euch noch etwas singen
   aber ich geh jetzt
   ein engelchor marschiert auf – petrus zieht sich zurück

szene 8 - die surferin
   als der chor zu ende gesungen hat
   kommt petrus wieder zurück
petrus   gibst du mir noch eine chance
thomas   warum sollte ich - ich hab gewonnen
petrus   findest du nicht auch
   dass die menschheit eine zweite chance verdient
thomas   wie viele zweite meinst du
petrus   sei nicht so kleinlich
thomas   na gut
   du sollst sehen wie großzügig ich bin
   such dir irgendeinen schauplatz aus
petrus   *überlegt kurz*
   ok – ich bin soweit - also vorhang auf
thomas   er ist schon offen
petrus   das war doch nur bildhaft gemeint

thomas *leise zum publikum*
  glaub ich nicht
  eine surferin fährt auf ihrem board daher
  im hintergrund ist ein typisches surfer-lied zu hören
  thomas sieht petrus fragend an
petrus du hast doch gesagt
  ich soll mir einen schauplatz aussuchen
  und surfer sind coole typen
thomas aber wo soll ihnen die ein quartier geben
petrus abwarten
  in diesem augenblich
  kommen josef und maria in einem boot daher
  auch der esel ist mit an board
  josef bewegt das boot mit einer langen stange
  die surferin wendet und fährt an ihnen vorbei
maria was war denn das - hast du das gesehen - josef
josef das war ein segelboot
  aber ohne boot - nur ein segel
maria das ist ja wie das alte testament
  aber ohne testament - nur alt
  die surferin wendet wieder
josef die werden wir nach dem weg fragen - hi
surferin *sie bleibt stehen und schaut sich erschrocken um*
  hoffentlich nicht
maria *kopfschüttelnd*
  hoffentlich nicht - ein komischer gruß ist das -
  hoffentlich nicht
josef wo fahren sie hin
surferin ich fahre nirgendwo hin - ich surfe
maria aber sie müssen doch irgendein ziel haben
  warum surfen sie wenn sie eh nirgends hin wollen
surferin weil heute so ein toller wind ist

da muss man einfach surfen
maria toller wind - na das glaub ich
meine frisur ist schon ganz kaputt
surferin und ihr - wo wollt ihr hin
josef wir haben keine ahnung
surferin ihr habt keine ahnung wo ihr hinwollt
und trotzdem wundert ihr euch über mich
weil ich einfach herumsurfe
ihr macht ja auch nichts anderes
josef so ein unsinn - wir suchen zumindest etwas
aber vielleicht können sie uns helfen
surferin ihr sucht etwas - eine leiche vielleicht
maria wieso eine leiche
surferin na wegen diesem komischen stecken da
mit dem dein freund den grund absucht
und der esel soll der spürhund sein – oder was
josef wir suchen eine unterkunft für die nacht
surferin eine unterkunft
sie schaut sich grinsend um
wo
josef genau das wissen wir ja nicht
was würden sie uns raten
surferin naja - dort drüben ist ein hotel
daneben sind einige pensionen
im nächsten dorf dort hinten gibt es auch betten
versucht es einfach irgendwo
ich muss jetzt weiter bevor sich der wind legt
das möchte ich nämlich gar nicht –
also hoffentlich nicht
maria *schreit ihr nach und winkt*
hoffentlich nicht - hoffentlich nicht
als die surferin weg ist meint sie zu josef

sie sagt sie muss weiter
dabei will sie doch nirgendwo hin
komische leute sind das heutzutage

szene 9 - am ufer
in ufernähe befindet sich ein vornehmes restaurant
zwei angler sitzen wortlos da
und halten ihre angeln ins wasser
angler 1   schau was da daherkommt
sie ziehen die angel ein
ein paar andere leute kommen dazu
und schauen neugiereig auf den see hinaus
angler 2   ja was ist denn das
kann ich das wirklich glauben was ich da sehe
josef und maria kommen mit dem boot daher
immer mehr schaulustige kommen dazu
einer   der hat aber einen handlichen außenboardmoter
er lacht
eine   nimm doch die eselohren als ruder
dann gehts schneller
alle lachen
eine andere   was meinst du
welchen tisch haben die zwei hier reserviert
ein anderer   wahrscheinlich den exo-tisch
einer   den exo-tisch - ich hau mich ab
wieder lachen alle
wieder ein anderer   ich glaube
es wird ihnen leider nur der drama-tisch bleiben
eine   drama-tisch – fantas-tisch
wie wärs mit dem automa-tisch
einer   vielleicht wollen sie den kroa-tisch
eine   geh - sieh sie dir doch an

die gehören auf den asia-tisch
ein anderer   auch nicht schlecht
  aber was sagst du zum alphabe-tisch
eine andere   alphabe-tisch - theore-tisch ja
  aber prak-tisch würde ich sie lieber
  auf den analphabe-tisch setzen
eine   oder auf den unsympa-thisch
wieder ein anderer   das geht nicht
eine andere   warum denn nicht
wieder ein anderer   weil man tisch nicht mit th schreibt
einer   glaubst du wirklich
  dass diese zwei analphabeten das merken
  oder der esel
eine andere   also doch den analphabe-tisch
  hab ich ja gleich gesagt
  immer ratloser verfolgen josef und maria diese szene
josef   *als sich die leute endlich wieder beruhigen*
  wir würden ein zimmer suchen
wieder ein anderer   *gröhlend*   sie suchen ein zimmer
einer   *schreit noch lauter*
  dass wir nicht gleich draufgekommen sind
  dass man mit einem boot und einem esel
  am leichtesten ein zimmer findet
  und wie ein einpeitscher am fussballplatz
  schreit er zeile für zeile eines liedes
  mit seinem spontan gedichteten eigenen text vor
  und die herumstehenden singen ihm im chor nach
  resi - i hol di mit mein esel o
  resi - des wird bestimmt a riesenshow
  und dann fohrn ma mitn boot übern see
  weil romantisch sama jo eh
  am ende der strophe

bricht nicht enden wollendes gelächter aus
maria   bitte - helfen sie uns
einer stimmt wieder an und sie singen so lange
bis josef und maria aufgeben und wieder wegfahren
als sie weg sind und auch das lied aufhört
meldet sich ein neuer zu wort
ein ganz anderer   das können wir nicht machen
   wir können sie nicht einfach wieder wegschicken
   mit diesem winzigen boot auf dem riesigen see
ein anderer   aber gekommen sind sie auch so
und sofort wird wieder das lied gesungen -
als es endlich verstummt
melden sich die apostel wieder zu wort
petrus   jetzt weiß ich mir keinen rat mehr
   ich muss mich wohl geschlagen geben
thomas   das war doch von anfang an klar
   aber du wolltest es ja nicht glauben
   heee - du bist ja auch ein ungläubiger
petrus   es ist wirklich nicht leicht
   an diese menschheit zu glauben
   holen wir die beiden engel wieder herauf
thomas   warte kurz - ich sehe
   da bahnt sich noch etwas interessantes an

szene 10 - der polizist
*der **musikant** kommt*
er scheint nun endlich seinen platz gefunden zu haben
denn er spielt für das ganze publikum
eine komplette strophe des liedes
stille nacht - heilige nacht
josef und maria kommen daher
ein polizist tritt ihnen entgegen

polizist stopp – verkehrskontrolle
wohin wollen sie
josef wir suchen ein zimmer
aber es ist zwecklos - wir finden keines
polizist ihren ausweis bitte
josef *total verwundert* ausweis
maria wir haben nur unseren esel
polizist *schreibt in seinen notizblock*
und spricht extrem landsam mit
kann – sich – nicht – ausweisen –
er blickt kurz auf
sehr verdächtig - ihr name
josef ich heiße josef - wir kommen aus nazareth
polizist ein ausländer also - sehr verdächtig
geburtsdatum
josef zwölfter märz
polizist zwölf - ter - määärz –
und das jahr
josef 37
polizist neun – zehn – hun – dert – sieben – und –
an der stelle stoppt er und mustert josef ungläubig
na wie ein achtzigjähriger sehen sie aber nicht aus
josef ich meine doch 37 vor christus
polizist siebenund – drei - ßig - vooor – chris -
wieder hält er überrascht inne
was - aber das ist doch - sehr verdächtig
vor christus - das gibt es nicht
haben sie getrunken
josef naja - einen halben becher
polizist einen halben becher – 0 komma 5 also
naja - das geht noch - wo waren sie letzte nacht
josef wir waren unterwegs

polizist   ein auto ist gestohlen worden
  wissen sie etwas darüber
maria   wir haben nur unseren esel
polizist   lassen sie diesen blöden gaul aus dem spiel
maria   *richtigstellend zu josef*   das ist doch ein esel
polizist   was hab ich da gehört – jetzt reichts aber
  das ist beamtenbeleidigung – mitkommen
  er geht vor und bleibt dann abrupt stehen
  sodass josef ihn von hinten rempelt
  er kommt fast zu sturz und schaut josef böse an
  ich besorg euch jetzt ein zimmer
  da könnt ihr gleich ein halbes jahr bleiben
  er führt die beiden ab

<u>szene 11 - im gefängnis</u>
  josef und maria werden vom polizisten
  in die unbeleuchtete zelle gestoßen
polizist   da habt ihr euer zimmer - hinein mit euch
  als endlich ein spärliches licht angeht
  sieht man maria am boden knien
  josef steht hinter ihr
  tänzerinnen marschieren auf
  und tanzen immer enger um die beiden herum
  als der tanz zu ende ist
  und die tänzerinnen auseinandergehen
  hält maria das jesukind auf ihrem arm
maria   schau josef wie er lächelt

<u>szene 12 - letzter versuch</u>
petrus   also das hätte ich nicht für möglich gehalten
  die heilige familie im gefängnis
  und niemand hat ihnen geholfen

thomas es wird immer so sein
das war damals so - das ist im jahr 2017 das gleiche
und es wird auch in zukunft so sein
petrus *nach langer pause*
vielleicht würden sie im jahr 2017
doch ein zimmer finden
ich glaube - wir können das ganz leicht überprüfen
er klingelt wieder mit seinem schlüsselbund
die beiden studentinnen spazieren wieder daher
studentin 1 du kannst dir nicht vorstellen
was ich heute nacht geträumt habe
erinnere dich an unser gestriges gespräch
studentin 2 du meinst das gespräch
über die heilige familie
studentin 1 ja genau - ich habe geträumt
josef und maria wären tatsächlich
im jahr 2017 auf die erde gekommen
und niemand hat ihnen ein zimmer gegeben
schlimmer noch
man hat sie sogar ins gefängnis geworfen
studentin 3 du wirst es nicht glauben
aber ich habe genau dasselbe geträumt
aber ich kann es nicht glauben
dass es wirklich so laufen würde
und ich werde dir beweisen
dass ich recht habe
sie wendet sich ans publikum
alle im publikum
die den beiden ein zimmer geben würden
sollen jetzt ganz kräftig applaudieren
thomas *steigt wütend von seinem stuhl herunter*
und protestiert ganz heftig

das ist doch die reinste manipulation
was soll denn dieser applaus beweisen
petrus steigt nun ebenfalls herab
und fordert das publikum immer wieder auf
weiter zu applaudieren
thomas   he sie - sie appaudieren doch nur
  weil die anderen auch alle klatschen - stimmts
  oder sie da - warum klatschen sie
  sie müssen nicht klatschen wenn sie nicht wollen
  hörn sie auf - hörn sie alle auf
  schluss mit dem applaus
  schluss hab ich gesagt
  schließlich gibt thomas auf
  deinen dienst kannst du dir selber machen
  ich hätte schon längst gewonnen
  wütend verlässt er den saal
  petrus bedankt sich beim publikum

szene 13 - die verbeugung
  der chor singt noch ein weihnachtslied
  dann kommen die akteure
  und holen sich ihren letzten applaus
  *der **musikant** spielt ein paar schräge töne*
studentin 1   wir haben das alles nur geträumt
studentin 2   da bin ich mir ganz sicher
studentin 3   anders kann es ja gar nicht gewesen sein
portier   ich hätte den beiden eh ein zimmer gegeben
  aber der chef - -
frau   mein bestes zimmer hätte ich ihnen gegeben
  wenn ich das gewusst hätte
die 3 beterinnen
  wir haben noch niemand nicht abgewiesen

bürgermeister ich hätte die beiden
  zu ehrenbürgern unserer gemeinde gemacht
surferin ich hab ihnen doch eh gesagt
  wo sie suchen sollen
sie ich habe sie doch eh gefragt
  dreimal hob ich sie gefragt
er warum tust dich schon wieder ärgern
  mausilein
petrus ihr seid so nette leute
  wenn ihr irgendwann zu mir kommt
  und ihr werdet kommen - ich lass euch alle rein
thomas ich glaube nicht
  dass das irgendwer geglaubt hätte
polizist ich hab nur meine pflicht getan
gast 1 also der esel -
gast 2 - der war ja so lieb
gast 3 ja – ein richtig herziges viecherl
  die heilige familie sorgt für einen allerletzten applaus

weihnachten daheim

szene 1 - weihnachtsvorbereitungen

vater mutter und die drei kinder
basteln weihnachtsschmuck
auch die oma hilft mit - man merkt
dass es ein besonderes weihnachtsfest werden wird
im hintergrund ist ein weihnachtslied zu hören
die kinder bewegen sich zur musik
und basteln eifrig
gegen ende des liedes kommt der opa herein
er versucht einige tanzschritte
aber sein rücken spielt nicht mit
also setzt er sich hin und bastelt mit

niki   opa - du musst exakter schneiden
opa   ich soll die magd vertreiben
oma   du sollst exakter schneiden
opa   sie lässt sich scheiden – beneidenswert
oma   schneid einfach genauer
opa   sie hat was mit dem bauer
   dann beneide ich sie nicht
oma   hast du deinen hörapparat
   schon wieder nicht eingeschaltet
   er nestelt herum und schaltet das gerät ein
opa   mein hörer war nicht eingeschaltet
   also wann lässt sich die magd nun scheiden
oma   sie lässt sich nicht scheiden
   sie ist glücklich verheiratet
opa   also doch zu beneiden
oma   vergiss es einfach wieder
   eigentlich müsste ich sie beneiden

die konversation macht pause
der opa schaltet den hörapparat wieder aus
hast du heute schon deine medizin genommen
opa   wer ist heute schon nach wien gekommen
seine tochter beugt sich zu ihm hin
und wiederholt laut und ganz deutlich
mutter   deine medizin
opa   heino mit der queen
oma   soll ich die tabletten holen
opa   wer hat die da herbefohlen
mutter   hol sie ihm einfach
niki   ich hole sie
opa   danke mein liebling
  zu seiner frau meint er
  ein braves kind - die schaut auf mich
  niki kommt zurück
  die oma leert die verordnete dosis in den messbecher
  und hält diesen opa hin
  der nimmt ihn und schaut ihn skeptisch an
  er fragt seinem schwiegersohn
  willst du auch etwas
vater   ich brauche so etwas nicht
opa   noch nicht mein lieber – noch nicht
  aber das kommt schneller als man denkt
  schneller als man denkt
  gut - dann könnte es bei dir doch länger dauern
vater   *zu seiner frau*   soll ich ihm mehr davon geben
  ich meine ganz viel
mutter   seid friedlich - es ist weihnachten
  sie stellt die medizin wieder weg
  kinder ich bin so stolz auf euch
  das wird der schönste heilige abend

den wir je erlebt haben
wie seid ihr nur auf diese idee gekommen
niki ideen hat man eben
oma diese kinder - von wem sie das nur haben
opa *er zeigt auf seinen schwiegersohn*
von ihm sicher nicht
der vater reagiert lässig
und zeigt einfach mit der hand einen schnatterschnabel
oma ich freu mich auch schon so
wir werden miteinander singen und beten
dann geben wir einander die geschenke -
niki - und dann spielen wir alle miteinander scrabble
opa - spielst du auch mit
andi oder mit der play-station oder wii
für die meisten games haben wir eh genug controller
einige nunchuks könnten wir noch brauchen
aber sonst -
michi wir könnten auch trivial pursuit spielen
oder aktivity oder nobody is perfekt
opa ich schalte wieder aus
ich verstehe sowieso kein wort von dem
was ihr da redet
niki aber du spielst mit
opa hundert pro – logo - na klar spiele ich mit
niki *strahlt* super opa
mutter auf jeden fall wird das heuer ganz toll
ich kann es gar nicht fassen
wie sie das alles so geschafft haben
wie sind sie nur darauf gekommen
zu den kindern meint sie
das habt ihr super gemacht - meine lieben
die drei kinder reagieren mit entsprechenden grimassen

und mit abklatschen
der einzige wermutstropfen -
opa   wer tut klopfen
mutter   - daran ist dass ich jetzt
mein weihnachtsgeschenk schon kenne
vater   du meinst dass wir es alle schon kennen
aber das nehmen wir gerne in kauf
diese sache ist so großartig –
er dreht sich zu opa hinüber
- da kann mir selbst mein schwiegervater
die freude nicht verderben
opa   du willst heut schon alles erben
vater   *versucht es mit einer anderen taktik*
wo willst du dich bewerben
opa   schau schau - er schlägt in meine kerben
bravo - das hält jung
da werde ich noch lang nicht sterben
ich werde mir vielleicht sogar die haare färben
michi   *zu andi*   die zwei sind immer so lustig
vater   *zu seiner frau*
muss er wirklich immer das letzte wort haben
mutter   ach lass ihn doch

szene 2 - das fernsehen kommt
es klopft an der tür
die mutter geht hin um zu öffnen
und kommt mit einem herrn vom fernsehen herein
reporter   guten tag - darf ich reinkommen
mutter   ja - bitte
reporter   guten tag - mein name ist koch – fritz koch
opa   grieskoch - ein lustiger name
oma   fritz heißt er - fritz koch

opa macht ja nichts - aber sagen sie
  was führt sie uns
reporter *unschlüssig mit wem er jetzt weiterreden soll*
  ja also - ich bin vom fernsehen
  wir haben von dieser
  großartigen idee ihrer kinder gehört
  und hätten gern ein interview mit ihnen gemacht
mutter na - da könnten sie noch glück haben
  das zdf hat auch schon angefragt
vater *völlig überrascht und ungläubig*
  wirklich –
  die mutter stößt ihn und schaut ihn strafend an
  - ich meine
  wirklich - sie wissen das gar nicht
  aber es stimmt - die haben wirklich angefragt
  und auch bp
reporter *ungläubig fragend* bp
mutter er meint bbc - ja die kommen vielleicht auch
andi mutti kommen wir wirklich ins fernsehen
mutter ich glaube schon
alle 3 *im durcheinander* super
  wir kommen ins fernsehen – jaaaa - ein wahnsinn
niki aber der opa muss auch dabei sein
mutter *zu den kindern* räumt die sachen weg
  wir machen später weiter
  die kinder räumen die basteleien weg
  und bleiben dann neben dem tisch stehen
reporter wir hätten uns folgendes vorgestellt
  wir plaudern mit den kindern über die sache
  und stellen dazwischen die wichtigsten szenen
  für einen filmbericht einfach nach
opa wem stellt er nach

oma unsere kinder will er filmen
  und sie mit ihrer idee ins fernsehen bringen
opa *zu seiner frau* hol mir mein neues sakko
  und die krawatte - beeil dich
oma nichts da - jetzt sind die kinder wichtig
reporter wenn sie einverstanden sind
  hole ich jetzt meine beiden assistenten
  und das equipment
opa was holt er
  die oma schiebt ihn wortlos zur seite
  er schaut beleidigt drein
oma ja - wir sind einverstanden
  holen sie alles was sie brauchen
  wir machen uns inzwischen zurecht
  zu ihrem mann
  du wartest hier
  ich hole dir dein sakko
  und ziehe mir auch schnell etwas anderes an
  sie geht weg
  der reporter schaut vater und mutter fragend an
vater *zu seiner frau* sind wir einverstanden
  oder sollen wir mit dem zdf noch einmal reden
  oder mit den – anderen – da -
mutter nein - wer zuerst kommt mahlt zuerst
  beziehungsweise interviewt zuerst
  also - wie meine mutter schon sagte
  holen sie alles was sie brauchen
  wir sind gleich so weit
  der reporter geht hinaus
vater *zu seiner frau*
  ich muss dir zu deiner geistesgegenwart gratulieren
  eine super idee - das mit dem zdf

mutter *sichtlich stolz* danke
  ah - räumst du hier ein wenig auf
  ich gebe den kindern inzwischen
  etwas ordentliches zum anziehen
vater ok
  die mutter geht mit den kindern hinaus
opa ich mach das schon
  du musst doch sicher auch noch – na du weißt schon
vater *total überrascht* danke
  er geht auch raus und der opa macht sich an die arbeit
opa ist das schön - meine familie - meine enkerl
  auf die kann man stolz sein
  der andi geht jetzt schon in die zweite klasse
  nicht zu glauben
  als wärs erst gestern gewesen
  dass ich ihn vom kindergarten abgeholt habe
  wie die zeit vergeht
  der michi ist auch schon in der msn
  oder wie das schon heißt
  und die niki kommt nächstes jahr hin
  tüchtig sind sie alle drei – wirklich tüchtig
  na ja - meine tochter - die judith
  war ja auch eine sehr gute schülerin
  die ist auch in die hauptschule gegangen
  der gettinger war damals noch direktor
  dann hat sie die ausbildung
  zur krankenschwester gemacht und – dann –
  hat sie ihn geheiratet – den herbert –
  bei der polizei ist er - na ja - er ist eh –
  wie soll ich sagen
  er ist eh nicht – nein er ist eh in ordnung
  ich kann ihm halt nicht immer recht geben

nein - es passt schon
ich bin zufrieden mit dem was ist
ich stehe auf in der früh
meine frau macht mir den kaffee
dann lese ich meine zeitung
und wenn die kinder aus dem haus sind
drehe ich meine runde
dann spaziere ich zu meinem wirten
treffe ein paar freunde
wir plaudern ein bisschen - trinken ein gläschen –
manches mal ein zweites
ja - und dann gehe ich schön langsam wieder heim
am nachmittag spaziere ich oft mit meiner frau –
meistens aber allein – durch die stadt
und am abend sitzen wir – meine frau und ich –
miteinander vorm fernseher
und plaudern über die alten zeiten
zum publikum
so aber meinetwegen seid ihr ja nicht gekommen
schauen wir jetzt wie unsere geschichte weitergeht
ich glaube da kommt schon jemand
die oma kommt herein
und lässt den opa in sein sakko schlüpfen
sie betrachtet ihn zufrieden
oma   fesch siehst du aus
opa   du auch
sie setzen sich an den tisch
das weihnachtslied ist wieder zu hören
nun kommt auch die mutter mit den kindern
sie lässt eins nach dem andern an den tisch
und zupft noch an ihrer kleidung
und an ihrer frisur herum

154

auch der vater kommt
die mutter ermahnt ab und zu ihre kinder
alle sitzen nun bei tisch und warten

<u>szene 3 - das interview</u>
endlich klopft es - der vater öffnet
der reporter schickt seine assistenten voraus
und sieht sich um
reporter so - als erstes müssen wir
im raum ein paar kleinigkeiten ändern
der tisch muss weiter nach hinten
diesen platz brauchen wir
der opa steht - während die fernsehleute alles aufbauen –
interessiert daneben
mutter wann wird dieser bericht gesendet werden
reporter so - dieser platz ist für die fernsehaufnahmen
mit den kindern vorgesehen
er schaut auf und geht zur mutter hinüber
was wollten sie wissen
mutter wann dieser bericht gesendet wird
reporter das ist nicht meine sache
da kann ich ihnen überhaupt nichts sagen
ich bin nur für die aufnahmen zuständig
vater und wie sieht es eigentlich damit aus
daumen und zeigefinger reiben aneinander- er meint geld
die kinder kriegen doch was dafür – oder
reporter ja – natürlich
vater wie hoch sind solche tantiemen eigentlich
reporter schauspieler bekommen keine tantiemen
vater niiicht - aber die kriegen doch auch -
reporter - eine gage
schauspieler bekommen eine gage -

155

opa *indem er auf seinen schwiegersohn deutet*
ja - er kommt immer so schnell in rage
der reporter wirft opa einen ratlosen blick zu
und fährt dann fort
reporter - und das trifft in diesem fall auch nicht zu
da müsste man sie engagieren
opa *zum reporter* sie wollen ihn bandagieren
vater meine kinder - die sind doch eh so engagiert
reporter *schon etwas ungeduldig*
meine herren - es ist so
ich mache hier nur die aufnahmen
über die bezahlung wird jemand anderer
mit ihnen reden
aber man wird sicher nicht kleinlich sein
opa das muss ihnen nicht peinlich sein
der reporter zieht es vor nicht mehr zu antworten
blickt zu seinen assistenten hinüber
und kommentiert deren arbeitsfortschritt
reporter ich glaube es wird schön langsam
die oma aber bezieht diesen satz auf das zuvor gesagte
und stellt den reporter zur rede
oma junger mann - halten sie sich zurück
peinlichkeiten
gibt es in unserem haus überhaupt nicht
reporter entschuldigung - gnä frau
so habe ich es nicht gemeint
meine beiden assistenten habe ich gemeint
die sind gleich so weit
dann können wir mit den aufnahmen beginnen
er geht wieder zu den kindern hinüber
die oma steht auf und geht hinter ihm her
oma sagen sie lieber herr

sind sie schon lange beim fernsehen
reporter etwa zehn jahre
oma eine schulfreundin von mir
wollte damals unbedingt zum fernsehen
und sie war sehr ehrgeizig
so wie ich die kenne hat sie es auch geschafft
karin - der familienname fällt mir jetzt nicht ein
karin - brünett und in meinem alter
kennen sie da jemanden
reporter es gibt bei uns sehr viele mitarbeiter
oma sie kennen sie nicht – schade
sie dreht sich um und geht wieder an ihren platz zurück
reporter *er schaut durch die runde – micro in der hand -*
seid ihr alle soweit
und beginnt die kinder zu befragen
wie war das also - wie hat die ganze sache begonnen
andi unsere mutter hat uns gesagt
wir sollen einen brief ans christkind schreiben
was wir uns zu weihnachten wünschen und so -
michi und wir haben uns dann hingesetzt und -
reporter ok - das drehen wir gleich

rückblende 1
er weist die kinder an
mit einem spiel auf dem fußboden platz zu nehmen
die kameraaufnahmen des assistenten
sind auf einem monitor
für das publikum live mitzuverfolgen
der reporter wendet sich an das publikum
bitte beachten sie
dass es während der aufnahme ganz leise sein muss
nur die akteure sind zu hören

die akteure fragt er
alles bereit
assistent 1   kamera bereit
assistent 2   er *hält das mikro*
an einem langen stab über die szene   ton bereit
der reporter hält eine filmklappe vor die kamera
reporter   klappe weihnachten daheim - die erste
die aufnahme beginnt
mutter   kinder –
was wünscht ihr euch heuer zu weihnachten
achselzucken ist die einzige reaktion
gebt das spiel weg
und schreibt dem christkind einen brief
die kinder geben das spiel weg
holen schreibzeug und beginnen sich zu beraten
andi   weißt du schon
was du dir wünschen könntest – michi
michi   nein
andi   niki – du
niki   keine ahnung
andi   ich schreibe einmal die überschrift
er spricht laut mit
liebes christkind - und jetzt
keinem fällt etwas ein
michi   ich habe eine idee
wir machen brain storming
so wie wir es in der schule immer machen
jeder nimmt einen zettel und einen stift
und notiert alle geschenksideen die ihm einfallen
zwei minuten lang - ok
exakt zwei minuten später unterbricht er wieder
so - zeigt her

alle zeigen ihren zettel - auch michi
alle zettel sind leer
andi   du hast recht - wie in der schule
niki   ich habe eine bessere idee
sie holt einen versandkatalog
und beginnt artikel daraus zu nennen
ihre beiden brüder antworten wie bei einer litanei
usb-stick   hab ich schon
sie blättert weiter
bademantel   hab ich schon
sie blättert
ferngesteuertes auto   hab ich schon
zipfelmütze   will ich nicht
schultasche   hab ich schon
ein buch   will ich nicht
einen bilderrahmen
andi   stopp – aus - das bringt nichts
michi   was sagt ihr – zu - diesem vorschlag
sie stecken die köpfe zusammen
und tuscheln eifrig miteinander
der opa wird neugierig
opa   was sagen sie
reporter   cut
die beiden assistenten entspannen so ausgiebig
als ob die dreharbeiten schon stundenlang gedauert hätten
die kinder stehen auf
so geht das nicht
zu den kindern sagt er
man muss ja hören was ihr sagt
zu opa
und sie sind bitte leise
andi   aber so war es wirklich

wir konnten ja nicht laut reden sonst hätte es doch -
reporter ja ich weiß - was man dem christkind schreibt
darf niemand anderer erfahren
aber im film soll man es doch hören
oma *zum reporter*
sie hatte so einen markanten s-fehler
reporter wer
oma meine schulfreundin – sie hatte einen s-fehler
reporter *schüttelt den kopf*
ich kenne sie nicht
wie ich schon sagte - wir haben viele mitarbeiter
er wendet sich wieder den anderen zu
aber machen wir weiter - ihr schreibt jetzt den brief
die oma setzt sich wieder hin und denkt nach

rückblende 2
reporter alles bereit
die kinder setzen sich wieder hin
assistent 1 kamera bereit
assistent 2 ton bereit
reporter klappe weihnachten daheim - die zweite
andi beginnt zu schreiben
michi he weihnachten schreibt man mit stummem h
niki das weiß sogar ich schon
michi *etwas später* fragezeichen
du kannst doch nicht einen fragesatz
mit einem rufzeichen beenden
andi ist doch nicht so wichtig
der opa steht wieder auf und geht zu den assistenten
die oma winkt ihn mehrmals zurück
er ignoriert sie - er beobachtet den assistenten 2 -
den mit dem mikro -

aus allernächster nähe und sehr genau
niki   doppel-m bei himmel
andi   ja - ich weiß
michi   schon wieder das fragezeichen
  andi schaut ihn wortlos aber strafend an
  - wenn es wieder herniederkommen werde –
  sag einmal - wie geschwollen schreibst du
andi   willst du den brief schreiben
  du kannst ihn gerne schreiben
  wenn du eh alles so gut weißt
michi   nein nein - schreib nur
  herniederkommen schreibt man übrigens zusammen
andi   *setzt sich auf und fragt*   sicher
michi   ganz sicher
andi   also ich bin mir bei diesen dingen
  immer ganz unsicher
  michi der kleinste belehrt nun seine beiden geschwister
michi   schaut es ist ganz einfach
  man kann zum beispiel schreiben
  dass man etwas getrennt schreibt
  dann muss man getrennt schreiben
  auch wirklich getrennt schreiben
  zusammenschreiben dagegen
  schreibt man auf jeden fall zusammen -
  oder nehmen wir zunichte machen
  zunichte machen bedeutet kaputt machen
  zerstören - auseinandernehmen
  daher schreibt man es auch auseinander
  wenn man es dann wieder zurechtmacht
  baut man es wieder zusammen
  also schreibt man zurechtmachen zusammen
niki   so einfach ist das

161

wenn mir unser lehrer das auch so einfach erklärt hätte
könnte ich es auch schon längst
michi und wenn man zusammen geht
so wie niki und ihr freund es tun -
andi *zu niki* du hast einen freund
mutter *leise aber vorwurfsvoll zu ihrem mann*
sie hat einen freund
niki ich habe keinen freund
vater *leise aber vorwurfsvoll zu seiner frau*
sie hat keinen freund
michi - dann schreibt man zusammen gehen –
niki *triumphierend* zusammen
michi nein - auseinander
weil man ja sehr leicht
auch wieder auseinandergehen kann
auseinandergehen aber schreibt man zusammen
niki *enttäuscht* jetzt kenn ich mich gar nicht mehr aus
andi dem christkind ist das sowieso wurscht
ich schreib jetzt weiter
opa *zum mikro-mann*
nachdem er ihn die ganze zeit genau beobachtet hat
kriegt man dafür auch etwas bezahlt
reporter cut
die assistenten entspannen wieder ausgiebig
mein lieber herr
sie sollten sich während der aufnahmen -
opa schon gut - schon gut
ich setze mich schon hin - bin schon wieder leise
er kehrt zum tisch zurück
und fragt von dort den assistenten noch einmal
wie viel kriegen sie
die oma deutet ihm endlich ruhig zu sein

der reporter schaut durch die runde
reporter   können wir jetzt wieder weitermachen

rückblende 3
reporter   alles bereit
assistent 1   kamera bereit
assistent 2   ton bereit
reporter   klappe weihnachten daheim - die dritte
  andi faltet den brief zusammen
  steckt ihn in ein kuvert und klebt es zu
andi   so der brief ist fertig
  nur mehr die adresse drauf und ab gehts
michi   mir fällt da gerade etwas auf
andi   nein dir fällt jetzt nichts mehr auf - es reicht
michi   schrei mich nicht so an - ich möchte doch nur -
andi   aber ich möchte nicht mehr
  es ist mir schon zu blöd
  niki springt auf und läuft zu ihrer mutter
niki   mama die streiten schon wieder
reporter   cut
  der kameramann entspannt – der mit dem mikro nicht
  was ist denn los jetzt
  so können wir nicht weitermachen
  zur mutter meint er schon ein wenig genervt
  beruhigen sie ihre kinder
assistent 2   warum unterbrechen sie
  das wäre doch eine schöne realistische szene gewesen
  reality-shows sind heutzutage der renner
assistent 1   finde ich auch
  also meiner meinung nach war das echt gut gespielt
reporter   das war nicht gespielt - das war echt
  außerdem mache ich hier die regie

ich gebe hier die anweisungen
alles wieder zurück auf die plätze
wir wiederholen die szene
niemand reagiert
bitte
niki wann darf der opa endlich dabei sein
reporter *sehr unkonzentriert*
ääääh – später – vielleicht
alle kehren langsam wieder auf ihre plätze zurück
oma *zum reporter* ich glaube
ihr familienname hat mit f begonnen
reporter *fast schon mürrisch* ich kenne niemanden
auf den das passen würde
mutter jetzt lass ihn doch mutti
du störst ihn bei der arbeit
reporter alles bereit
assistent 1 kamera bereit
assistent 2 ton bereit
reporter klappe weihnachten daheim - die dritte
andi so - der brief ist fertig
nur mehr die adresse drauf und ab gehts
michi mir fällt da gerade etwas auf
andi *noch ungeduldiger als zuvor*
nein - dir fällt jetzt nichts mehr auf
übertrieben freundlich weiter
was denn
michi wir können den brief
nicht einfach an das christkind adressieren
so wie jedes jahr
und ihn unseren eltern übergeben
niki und **andi** *gelangweilt* und warum nicht
michi überlegt einmal

wie sollen uns
unsere eltern diesen wunsch erfüllen können
das ist doch unmöglich
und dann wäre die ganze sache sinnlos
niki   also schicken wir den brief selber ans christkind
andi   geh – niki
du hast recht – michi - was machen wir nun
niki   warum schicken wir ihn
nicht gleich selber an das christkind
michi   niki - ich glaube - wir müssen dir etwas sagen
niki   *enttäuscht*   es gibt gar kein christkind – stimmts
in unserer klasse sagen das fast alle
andi   doch - das christkind gibt es – aber -
michi   aber es hat nicht die zeit
sich um die weihnachtswünsche aller kinder
auf der ganzen welt zu kümmern
daher machen das immer die eltern
andi   und du kennst unseren wunsch für heuer
den können uns unsere eltern leider nicht erfüllen
niki   dann geben wir den brief einfach dem harry
meinem religionslehrer - der schafft das sicher
andi   kein guter vorschlag
aber vielleicht dem bürgermeister
michi   das bringt mich auf eine idee
unser wunsch ist doch ein total sozialer gedanke
das ist nicht für uns allein
das ist für die ganze familie gedacht
für alle familien – für alle menschen
daher schicken wir den brief -
andi   - an den sozialminister
michi   genau
andi   aber - wir wissen doch keine adresse

michi doch - natürlich kennen wir die
denn ich passe im geschichteunterricht auf
schreib - ich diktiere
an den herrn sozialminister
den namen brauchen wir gar nicht
den kennen sie im ministerium eh
er diktiert noch die adresse und fragt dann
hast du alles
andi ja hab ich
reporter uuuuuuund – cut
die assistenten entspannen
sehr gut - das war eine sehr gute szene
haben wir sie im kasten
assistent 1 *schaut prüfend und lange nach* uuuups
der reporter ist einem herzinfarkt nahe
reporter kann man mit euch zwei
überhaupt nichts anfangen
assistent 1 nur ein kleiner scherz - alles roger
reporter machen - machen sie das nie wieder
nie wieder – hören sie
als er endlich wieder ruhiger wird fragt er die kinder
so - was ist dann passiert
wie ist die geschichte weitergegangen
oma darf ich das erzählen
der reporter geht mit dem mikro zu ihr
das war so
der herr sozialminister hat den brief tatsächlich gelesen
stellen sie sich das vor
der brief ist wirklich bis zum minister gekommen
ist das nicht toll
reporter und hat er geantwortet
oma noch viel besser - es kommt noch viel besser

aber jetzt ist mir soeben der name eingefallen
ich weiß nun wie sie heißt
mutter mutti - sei doch nicht so lästig
erzähl weiter
oma lästig - mein liebes kind - war ich noch nie
opa *laut und bestimmt* noch nie
oma *verunsichert* wie meinst du das
findest du etwa auch dass ich lästig bin
opa *gespielt empört* iiiiich
mutter erzähl endlich weiter
oma der sozialminister hat also den brief gelesen
und er war so begeistert
von der idee meiner enkelkinder
dass er damit
sogar zum präsidenten gegangen ist -
ist das mikrofon eh eingeschaltet
reporter selbstverständlich
oma und auch der präsident war begeistert
naja
von dieser idee kann man doch nur begeistert sein
reporter was hat er unternommen
niki *schreit drein* er hat uns angerufen
oma stimmt - er hat die kinder angerufen

rückblende 4
reporter das drehen wir wieder
aber irgendwer muss die stimme des präsidenten
am telefon nachmachen
die köpfe aller familienmitglieder drehen sich richtung opa
der blickt sich um
und zeigt dann mit dem zeigefinger fragend auf sich
opa ich *alle nicken* na dann

reporter *zum opa* sie stellen sich dort drüben hin
und machen nur die stimme zum telefonat
bei tisch sitzen nur die kinder und der vater
mutter und oma machen den kindern am tisch platz
der vater nimmt das handy zur hand
das er dann den kindern weitergeben wird
die assistenten machen sich bereit
reporter alles bereit
assistent 1 kamera bereit
assistent 2 tooooon –
der reporter schaut ihn gespannt an
er befürchtet das schlimmste
- bereit
der reporter ist erleichtert
reporter klappe weihnachten daheim - die vierte
opa wie soll ich sagen
mit würdiger präsidentenstimme
und entsprechender gestik fährt er fort
liebe öster-reicher und öster-ärmer – oder
liebe öster-eicha und öster-unser – oder
liebe öster-reicher
an dieser stelle überreicht er dem perplexen reporter
einen imaginären blumenstrauß
und öster-nehmer
er nimmt ihm den strauß wieder weg - oder
liebe öst-erreicher und öst-versager – oder
liebe österreicher-innen und österreicher-außen
oder
reporter stopp stopp stopp – weder noch
die assistenten entspannen - der reporter erklärt ihnen
das schneiden wir
zum opa aber sagt er

sie machen nur das telefongespräch mit den kindern
und keine neujahrsansprache
also noch einmal - alles bereit
assistent 1   kamera bereit
assistent 2   ton bereit
reporter   klappe weihnachten daheim - die vierte
   das handy läutet - der vater hebt ab
vater   ja – bitte
opa   *wieder mit präsidentenstimme*
   kann ich ihren schwiegervater sprechen
vater   *überrascht*   meinen schwiegervater
   herr präsident
   sie müssen mit meinen kindern reden
   die haben die idee gehabt
opa   *leise zum publikum*   das lasse ich mir gefallen
   mein schwiegersohn redet mich
   mit herr präsident an
   wieder mit telefonstimme
   sind die kinder zu hause
vater   *mürrisch*   ja - da sitzen sie – moment
   er gibt das handy an andi weiter
andi   hallo
opa   grüß euch meine lieben kinder
   also euer brief - eure idee – großartig
   auch die rechtschreibung – ganz großartig
   in welche klasse geht ihr
alle 3   *im durcheinander*
   in die vierte – erste – zweite
opa   gut gut - das muss man ja nicht so genau wissen
   aber eure idee – großartig
   wir können nur leider
   überhaupt nichts für euch machen

weil es so viele berufe gibt
wo das gar nicht möglich ist
was ihr euch wünscht
schade - ich hätte euch so gerne geholfen
tut mir leid
aber wenn ihr wieder so eine idee habt
meldet euch wieder - auf wiederhören
andi *zum reporter* das wars eigentlich
reporter das wars
das kann es nicht gewesen sein
eure idee wird doch heuer zu weihnachten umgesetzt
erzählt - wie ist es weitergegangen
andi wir haben dann ganz einfach dem präsidenten
auch einen brief geschrieben und ihm erklärt
wie es doch möglich ist dass alle leute –
genauer gesagt alle christen –
weihnachten zu hause feiern können
reporter *ganz begeistert in die kamera*
und da sind wir nun
bei dieser revolutionären idee angelangt
alle christen sollen weihnachten
im kreise ihrer familie zu hause feiern können
obwohl es doch so viele menschen gibt
die am heiligen abend dienst machen müssen
polizisten – krankenschwestern – ärzte –
hotelpersonal – piloten – flugbegleiter
und - und - und –
er wendet sich wieder den kindern zu
wie soll das möglich gemacht werden
niki die lösung heißt
interkultureller austausch der dienstzeiten
in den betroffenen berufen

reporter und was bedeutet das genau

andi das ist ganz einfach
  am heiligen abend übernehmen
  in allen christlichen ländern der welt
  angehörige anderer religionen -
  auch aus anderen ländern -
  die anfallenden dienste
  und wenn die anderen religionen
  ihre feste zu hause feiern wollen
  werden deren dienste ebenfalls
  von anderen religionen übernommen
  also auch von uns

reporter klingt einfach
  aber da müssen doch alle länder
  und alle religionen einverstanden sein

michi genau - und darum hat sich der herr präsident
  nach unserem brief an ihn persönlich gekümmert
  und als er uns dann das zweite mal angerufen hat
  hat er uns mitgeteilt dass es wirklich klappt
  dass also alle einverstanden sind

reporter *zum publikum* ja - meine damen und herren
  heuer zu weihnachten ist es also soweit
  eine idee hat sich durchgesetzt
  nun ist die sache nicht mehr aufzuhalten
  noch nie in der langen geschichte der menschheit
  hat es ein beispiel ähnlicher solidarität
  und solch selbstloser zusammenarbeit
  unter den völkern der welt gegeben
  noch nie ist es gelungen
  alle menschen auf der ganzen welt
  für eine einzige - eine gemeinsame idee zu begeistern
  sei es nun in europa - in asien - in amerika –

australien oder auf der entferntesten insel
irgendwo im pazifik
oder in einem anderen ozean -
aber heute ist es soweit
und das alles dank dieser drei kinder hier
die den mut hatten
mit ihrer idee an die öffentlichkeit zu gehen
kommt her
er holt die kinder zu sich und applaudiert ihnen
danke - und frohe weihnachten

szene 4 - der 24ste dezember

die familie - außer oma –
sitzt schon am vormittag wieder beisammen
und erledigt letzte vorbereitungsarbeiten
andi sitzt mit seinem handy auf dem boden
michi liegt neben ihm vor dem laptop
im hintergrund läuft ein weihnachtslied
beim refrain - we save the world today
springen die kinder auf - strecken die faust nach oben
und singen lautstark mit
als das lied zu ende ist
meldet sich der opa zu wort
opa   wie gehts denn nun der magd
  ist sie schon geschieden
mutter   *- sie spielt das theater mit*
  sie bleibt nun doch bei ihrem mann
  sie lässt sich nicht scheiden
opa   also doch nicht zu beneiden
  die mutter macht nur eine wegwerfende handbewegung
  dann betrachtet sie ihr werk
mutter   gefällt mir sehr gut

die sind uns super gelungen

niki wie viele brauchen wir noch

mutter ach egal - so viele wir eben schaffen
aber du könntest deine geschwister fragen
ob sie auch wieder mithelfen wollen
dann schaffen wir mehr

andi *zu niki* du könntest deiner mutter sagen
dass wir im moment anderweitig beschäftigt sind
aber vielleicht morgen -

opa ja ja
und weihnachten wird wegen euch verschoben
oder wie

andi weihnachten verschoben - gute idee opa
aber das spielen wir erst im nächsten jahr
jetzt schauen wir
dass wir dieses stück über die bühne bringen

opa wenn ihr das wirklich vorhabt
dann verschiebt aber gefälligst nach vor
sonst erlebe ich es vielleicht gar nicht mehr

niki geh opa - jetzt bist du schon so alt
da kommt es doch auf ein paar monate mehr
auch nicht mehr an

opa wenn meine frau das sagen würde
würde ich mich statt der magd scheiden lassen
aber das darfst du deiner oma nicht verraten
sonst sagt sie es am ende noch wirklich
in diesem moment kommt die oma
mit einem stapel briefe und karten ins zimmer

niki *hüpft ihr entgegen*
oma oma - ich muss dir etwas sagen
plötzlich bleibt sie wie angewurzelt stehen
ups – nein - ich muss dir eh nichts sagen

auf sich selbst stolz
blickt sie zu ihrem opa
der streckt ihr den hochgestellten daumen entgegen
oma   schaut - wie viel post heute
schon wieder gekommen ist
bin neugierig was diesmal alles dabei ist
sie schaut eine der karten an
hört euch das an
herzlichen glückwunsch zu eurer tollen idee
endlich kann auch ich weihnachten zu hause
mit meiner familie feiern
wir wünschen euch von ganzem herzen
frohe weihnachten und ein glücklichen neues jahr –
annemarie unegger
rezeptionistin aus nassereith in tirol
alle machen mit ihrer tätigkeit weiter
schauen aber immer wieder kurz auf und hören zu
oma blättert die post durch
oder die hier
liebe kinder
ich kann euch gar nicht sagen
wie ich mich über euch freue
so eine großartige idee - frohe weihnachten -
friedrich hundertsassa
lokführer – graz
sie nimmt die nächste karte her
meine kleinen – kleinen ist durchgestrichen
- großen helden
unglaublich was ihr da geschafft habt – gratuliere –
manuela tannenbaum
flughafenbedienstete – fischamend
sie blättert die post weiter durch

andi ich schau gerade meine e-mails durch
super was da alles dabei ist
einer schreibt sogar
dass sie einen fanclub gründen wollen
fanclub amn
amn steht für andi michi und niki
michi ich habe da eben eine sms bekommen
cool oida - ihr kommts ins fernsehen - super he
die oma setzt sich an den tisch und öffnet einen der briefe
oma liebe familie schneeweiß
sie schaut auf und stellt stolz fest
das sind wir
dann rückt sie ihre brille zurecht und beginnt zu lesen
ich freue mich
ich freue mich über alles
was ich in den letzten tagen
über euch gehört und gelesen habe
und ich freue mich ganz besonders darüber
was heuer zu weihnachten passieren wird
es ist mit worten nicht auszudrücken
was eure kinder da geschafft haben
weihnachten
bedeutet heutzutage vielen leuten nichts mehr
manche merken nicht einmal
dass es dieses fest überhaupt gibt
sie genießen zwar die ferien
oder zumindest die freie zeit
die ihnen durch die feiertage entsteht
buchen urlaube
flüchten vor der angeblichen hektik
die sie sich größtenteils eh selber machen
liegen dann irgendwo im sand herum

holen sich einen sonnenbrand
kommen total gestresst und unerholt nach hause
und schimpfen über die weihnachtszeit
weil da alles überlaufen und das service miserabel ist
ich kann nur sagen - selber schuld
mir und meiner familie dagegen
bedeutet weihnachten sehr viel
ich erinnere mich gerne an meine kindheit
als man sich auf dieses fest noch wirklich gefreut hat
all die vorbereitungsarbeiten
die uns kinder auf das große ereignis eingestimmt
und neugierig gemacht haben
da spürte man die adventzeit noch so richtig
heutzutage sieht und hört man sie nur
aber man nimmt sich keine zeit mehr sie zu spüren
advent heißt nicht mehr sich zeit zu nehmen
und sich auf den heiligen abend zu freuen
sondern ständig darüber zu jammern
wieviel noch zu tun sei
und wie wenig zeit man dafür habe
die freude auf das große fest
ist der lästigen pflicht gewichen
noch schnell alles erledigen zu müssen
und dann ist man selbst erledigt und denkt sich
hoffentlich ist das bald wieder vorbei
wie schön wäre es
wenn man sich wenigstens zeit nehmen würde
sich in ruhe das theaterstück anzusehen
das unsere kinder und enkelkinder in der schule
mit ihren lehrern einstudiert haben
sie hält inne - schaut ins publikum und wartet
bis der beabsichtigte applaus einsetzt

aber ab heuer wird das alles wieder ganz anders
diese kinder könnten es schaffen
weihnachten wieder zu weihnachten zu machen
herzlichen dank und ein frohes fest -
eva-maria himmler
pensionistin aus hinterstoder
sie nimmt ein taschentuch und wischt sich über die augen
die ganze familie sitzt ergriffen da
niki   *nach längerer pause*
   oma - darf ich dir das gedicht aufsagen
   das wir in der schule für weihnachten gelernt haben
mutter   aber das sollst du doch erst am abend aufsagen
niki   biiiitteee
oma   ja - du darfst es - mein kind
   wir haben schon
   eine so schöne weihnachtliche stimmung
   da kannst du dein gedicht ruhig auch schon aufsagen
niki   danke oma
   sie stellt sich vor die familie und beginnt
   zu weihnachten
   zu weihnachten wird -
   zu weihnachten wird – friede –
   sie wird sichtlich verlegen
   ich fange noch einmal an – ok
oma   kein problem kleines - fang halt noch einmal an
   ihre brüder verdrehen die augen
niki   zu weihnachten
   zu weihnachten wird friede groß geschrieben
   zu weihnachten wird liebe groß geschrieben
   nun fühlt sie sich sicher und beginnt zu strahlen
   zu weihnachten wird verständnis groß geschrieben
   zu weihnachten wird verzeihen groß geschrieben

zu weihnachten wird –
das ist schon immer so gewesen
nur - meistens wird es nicht gelesen
die oma springt auf und beginnt zu applaudieren
die anderen setzen auch ein und erheben sich
die oma kommt auf niki zu und umarmt sie
oma   bravo niki - das hast du sehr gut gemacht
opa   *als der applaus aus ist*
   sagst du das gedicht für mich auch auf
   ich habe den hörapparat nicht eingeschaltet gehabt
oma   das kann doch nicht wahr sein
   wofür hast du dieses gerät überhaupt
opa   damit ich dich besser hören kann
   aber wenn du so schreist
   brauche ich es gar nicht
   ich habe es übrigens eh eingeschaltet gehabt
   ich wollte ja nur sehen
   ob du wenigstens zu weihnachten friedlich bist
oma   *mit bösem blick*   ich bin immer friedlich
   und ich habe im gegensatz zu dir
   das gedicht auch verstanden
opa   ich hab dir doch gesagt
   dass ich es eh verstanden habe
oma   gehört hast du es vielleicht - gehört mein lieber
   aber gehört heißt noch lange nicht verstanden
   nachdenklich wiederholt sie die letzte zeile
   - meistens wird es nicht gelesen - wie wahr
   na hoffentlich wird es heuer gelesen

szene 5 - die vermarktung einer idee
   die familie bastelt wieder weiter - da klopft es an der tür
mutter   wer kann denn das sein

am weihnachtstag - um diese zeit
erwartest du jemanden – herbert
vater schau halt nach - ich erwarte niemanden
mutter andi - machst du auf
er geht hin - öffnet - sieht nach wer da ist
und schreit bei offener tür zu seiner mutter zurück
andi das ist schon wieder der mann vom fernsehen -
möchte der noch ein interview machen –
und da ist noch jemand bei ihm
vater jetzt lass sie endlich rein
andi *mit entsprechender handbewegung* bitte
reporter guten tag
na wie gehts so knapp vor dem großen fest
das durch sie - ich möchte fast sagen –
revolutioniert wird
opa was sagt er
oma er möchte wissen wie es dir geht
opa *nestelt an seinem hörgerät herum* so – jetzt
oma er fragt wie es dir geht - und sag jetzt nicht
er hätte nicht das recht es zu wissen
opa er hat ein schlechtes gewissen
ist der film nicht gelungen
muss ich noch einmal den präsidenten geben
mutter er hat nur gefragt wie es uns geht
opa das ist nett von ihnen - junger mann
und deswegen kommen sie extra vorbei
reporter nein - natürlich nicht
ich möchte ihnen jemand vorstellen
er zeigt auf seinen begleiter
das ist herr eins - mein chef sozusagen
eins grüß sie - herr schneeweiß
dürft ich sie um ein gespräch unter vier augen bitten

179

ist das – - möglich
vater   ein gespräch unter vier augen
   ja bitte - aber was ist denn los – herr -
eins   - eins
   wenns möglich wäre
   er stellt sich hin und wartet in einer haltung
   und einem gesichtsausdruck
   dass herr schneeweiß gar keine andere möglichkeit sieht
vater   aber ja doch herr – eins
   zu den anderen sagt er
   lasst ihr uns bitte allein
   er stellt sich neben herrn eins
   und wartet bis sie alleine sind
opa   *im hinausgehen*   na gut - dann werde ich
   noch eine kleine runde durch die stadt machen
oma   nein - das wirst du nicht
   am weihnachtstag geht man in kein wirtshaus
opa   einen spaziergang -
oma   schluss jetzt - du bleibst da
   schon mitten im satz dreht sie sich um und geht
   der opa zuckt hinter dem rücken seiner frau zusammen
   aber nicht weil er wirklich erschrickt
   sondern weil er es mit humor nimmt
vater   *als alle weg sind*
   also - worum geht es denn herr -
eins   - eins
   die sache ist folgende
   es läuft ja heute am abend – wie jedes jahr –
   die sendung licht in jeden winkel
   und wie jedes jahr ist das eine live-sendung
   nur wird sie heuer von den ersatzleuten
   aus den anderen religionsgemeinschaften

moderiert und gestaltet
und da haben wir die idee gehabt
dass wir während dieser sendung
ihre kinder als stargäste vor die kamera bringen
was halten sie davon
herr schneeweiß dreht nur den kopf hinüber
schaut herrn eins lange an und geht dann ein paar schritte
vater   was ich davon halte
er geht zum tisch und setzt sich
meinen sie diesen vorschlag ernst – herr -
eins   - eins
vater   meine kinder können doch nicht
am heiligen abend live im fernsehen auftreten
wo ihre idee doch darin besteht
dass an diesem abend
alle bei ihren familien sein können
da wären sie doch total unglaubwürdig
da würden sie sich doch selbst nicht ernst nehmen
sie wissen was ihre idee ist – oder
eins   ach - die idee
er sagt diese worte sehr abschätzig
und setzt sich dann zu herrn schneeweiß
die idee selbst ist nicht so wichtig
wichtig ist immer nur
wie man eine idee möglichst glaubhaft
und wirkungsvoll unter die leute bringt
und da hätten wir die große chance
ihre kinder exklusiv
einem breiten publikum präsentieren zu können
herr schneeweiß steht wieder auf
geht nachdenklich ein paar schritte umher
und bleibt dann mit dem rücken zu eins stehen

vater   aber wenn meine kinder das machten
    hieße das ja
    sie würden ihre eigene idee nicht mehr ernst nehmen
eins   ideen die man unter das volk bringen will
    muss man selber nicht ernst nehmen
    glauben sie wirklich
    dass irgendein werbefachmann
    ein produkt selber kauft
    nur weil er den werbeslogan dafür kreiert hat
    oder dass jemand
    der von berufs wegen enthaltsamkeit predigt
    diese auch selber leben muss – glauben sie das
    oder nehmen sie das thema umwelt her
    meinen sie wirklich dass jeder sogenannte experte
    der sich in der öffentlichkeit
    über die umwelt besorgt zeigt
    wirklich auf sein auto verzichten würde
    nein - er macht es nicht
    niemand von den genannten macht das
    aber sie alle bringen ihre ideen
    professionell unter die leute
    und die sind begeistert
vater   *setzt sich wieder*   ich kann nicht glauben
    was ich da höre
    ja - sie haben mit den beispielen –
    die sie genannt haben –
    recht - aber meine kinder
    sind weder werbefachleute noch politiker
    sie würden da niemals mitmachen
    dazu sind sie viel zu ehrlich
    und ihre idee ist so gut
    dass man das alles dafür gar nicht braucht

eins entschuldigen sie
   aber darüber muss ich lachen - ha ha
   wissen sie wann eine idee gut ist
   eine idee ist dann gut wenn sie gut verkauft wird -
   lesen sie bücher - ja sie lesen bücher
   was für ein buch lesen sie - ein gutes buch
   was aber ist ein gutes buch - ich sage es ihnen
   ein bestseller ist ein gutes buch
   es kommt nicht darauf an was drinnen steht
   es kommt nur darauf an dass es oft verkauft wird
   dann ist es ein gutes buch
   dann wird der autor berühmt
vater ja aber -
eins hören sie musik - ja sie hören musik
   welcher musiker wird berühmt
   einer der gute musik macht
   oder der
   der es irgendwie – ich betone
   irgendwie schafft
   oft gespielt zu werden
   herr schneeweiß holt etwas zu trinken und 2 gläser
vater aber meine kinder wollen doch gar nicht
   berühmt werden
   er setzt sich und schenkt ein
   alles was die wollen
   ist weihnachten zu hause
   und mit ihrer familie zu feiern
   er ergreift das glas
   jetzt habe ich sie gar nicht gefragt
   ob sie überhaupt etwas trinken wollen
   entschuldigen sie herr -
eins - eins

vater   prost herr eins
sie stoßen an
trinken aber beide keinen schluck
sondern stellen ihr glas wieder hin
herr eins sofort
weil er es nicht erwarten kann
weiter auf sein gegenüber einzureden
herrn schneeweiß während der folgenden worte
eins   aus john f kennedys zeit als präsident der usa
ist folgende aussage überliefert
es kommt nicht darauf an wer oder was du bist
sondern wofür dich die leute halten
ich sage ihnen
dieser satz gilt überall und jederzeit
man ist nicht der
der man wirklich ist
sondern der für den man gehalten wird
noch nie hatte diese behauptung
mehr gültigkeit als heutzutage
ihre kinder wollten keine helden sein oder werden
als sie diese idee hatten
sie sind nur
einem persönlichen bedürfnis nachgegangen
aber die leute wollen helden sehen
für die menschen sind ihre kinder helden
deshalb müssen wir sie ihnen auch
als solche präsentieren
vater   *nach langem überlegen*
jetzt nehmen wir einmal an
wir wären einverstanden
wären auch die ersatzleute
die das fernsehen am heiligen abend übernehmen

184

daran interessiert
unsere kinder als helden zu präsentieren
würden die wirklich eine idee
mit der sie selber gar nichts anfangen können
so in den mittelpunkt stellen
eins   ich glaube jetzt muss ich ihnen etwas gestehen
aber sie müssen mir versprechen
es niemandem zu verraten
vater   ich höre
eins   die idee ihrer kinder
ist wirklich eine ganz ganz wunderbare
aber viel zu gefährlich
vater   gefährlich – was soll denn das heißen
ich kann mir nicht vorstellen
dass daran irgendetwas gefährlich sein könnte
es geht einzig und allein um die möglichkeit
dass wenigstens ein tag im jahr
ganz und gar der familie gehört
ein tag an dem uns unsere kinder wichtiger sind
als die arbeit
ein tag an dem die familie vorrang hat
wo sehen sie da eine gefahr
eins   jetzt stellen sie sich einmal vor
wir würden diese idee wirklich ernst nehmen
und unser staatliches fernsehen
irgendwelchen fremden überlassen –
und sei es auch nur für einen einzigen tag -
das könnte doch für
weiß gott was ausgenützt werden
schneeweiß geht um den tisch herum
bleibt hinter eins stehen und tippt sich an die stirn
vater   aber auf so eine idee kommt doch kein mensch

185

man kann ja nicht immer
allen nur das schlechteste zutrauen
gerade zu weihnachten versucht doch jeder
das menschliche hervorzukehren
den anderen zu helfen
das sehen doch sie am besten in ihrer sendung
was da gespendet wird
wie sich da jeder bemüht für andere gutes zu tun
nein nein - so schlecht wie sie meinen
sind die menschen nicht
eins dreht sich halb zu schneeweiß um
eins meinen sie
würden sie für irgendwen die hand ins feuer legen
schneeweiß geht nachdenklich zu seinem sessel
und stützt sich von hinten auf die lehne
eins fährt fort
wir können das nicht riskieren
und deshalb haben wir offiziell zwar zugestimmt
aber an den wirklichen schalthebeln
sitzen gut versteckt nach wie vor unsere leute
im auftrag der regierung übrigens
wir haben also jederzeit zugriff auf das programm
und das mit ihren kindern
würden wir natürlich selber machen
das würden wir einfach riskieren
mehr als eine verwarnung ist nicht zu befürchten
vater aber damit brechen sie doch das übereinkommen
und überhaupt
ich finde es ungeheuerlich dass so gearbeitet wird
damit hintergehen sie doch die ganze welt
eins ich habe es ihnen doch schon erklärt
das würde sowieso nie funktionieren

186

ganz bestimmt würde irgendwer
auf die idee kommen sich einfach zu bedienen
bei diesem angebot muss man doch zugreifen
ganz sicher würde irgendwer
dieser versuchung erliegen
ganz ohne zweifel würde irgendwer
die situation für seine zwecke auszunützen versuchen
da machen wir das doch lieber gleich selber und
verschaffen uns dadurch einen wettbewerbsvorteil
niemand im publikum würde merken
wer wirklich an den fäden zieht
schneeweiß setzt sich nachdenklich wieder nieder

vater das ist aber nicht in ordnung -
wenn man sich
immer nur vom misstrauen leiten lässt
wird man nie etwas verbessern in der welt
und ich finde es schrecklich dass immer alles
irgendwelchen undurchsichtigen
ideologischen interessen
untergeordnet werden muss
an das wohl des einzelnen
an das glück in der familie
denkt anscheinend niemand

eins das glück des einzelnen kann man nur garantieren
wenn man selber an der macht ist
wenn man nicht von anderen abhängig ist
er rückt näher an schneeweiß heran
es ist übrigens
nicht nur in unserem bereich so entschieden worden
auch beim heer
und bei der polizei kontrolliert man die lage
von geheimen bunkern aus

man kann doch nicht riskieren
dass nur wegen weihnachten
die ordnung in unserem land gefährdet ist
ich glaube dass die regierung
mit dieser versteckten überwachung
richtig entschieden hat
und wie gesagt
niemand wird es merken
und niemanden – außer sie –
wird es stören was wirklich läuft
die leute verlangen nach illusionen
die wahrheit interessiert keinen menschen
schneeweiß ist enttäuscht
er blickt starr auf den boden
herr eins schaut ihn erwartungsvoll an
beide sitzen lange zeit schweigend da
da kommt die mutter aufgeregt ins zimmer
mutter   stell dir vor was passiert ist
gerade kriege ich einen anruf vom krankenhaus
jetzt muss ich heute doch dienst machen
vater   warum denn das
mutter   sie wollten mir zuerst nichts sagen
aber dann haben sie es mir doch anvertraut
die frau des präsidenten ist krank geworden
und musste ins spital gebracht werden
weil sie sich aber weigert
von jemand anderem als ihrem arzt
behandelt zu werden
hat man für sie eine ausnahme gemacht
und jetzt ist alles aufgeflogen
eins   was sagen sie da
warum weiß ich davon noch nichts

mutter sie werden sicher auch bald angerufen
    denn inzwischen haben alle staaten
    ihre leute zurückgezogen
    und nun müssen wir alle wieder
    unseren normalen dienst machen
    dich werden sie auch noch anrufen
    meint sie zu ihrem mann
    denn man befürchtet nun ausschreitungen
    und daher braucht man
    ein verstärktes polizeiaufgebot
vater *zu eins* na super
    und wer hat das alles zu verantworten
    leute wie sie
    die anderen menschen
    nicht einmal ein mindestmaß an vertrauen
    entgegenzubringen imstande sind
    leute die immer nur an ihren vorteil denken
    und dadurch alles zerstören
    was das leben angenehmer
    und vor allem menschlicher machen könnte
    und da setze ich mich mit ihnen noch so lange her
    und lass mich vollschwatzen
    er springt auf
    und stößt den sessel wütend mit dem fuß weg
eins machen wir doch das beste aus der situation
    ihre frau muss zur arbeit
    sie wahrscheinlich auch
    da könnten ihre kinder doch -
vater was sagen sie da
    also das ist doch wirklich das allerletzte
    wie heißen sie – eins
    null müssten sie heißen denn genau das sind sie

eine riesengroße null
ich möchte mit ihnen nichts mehr zu tun haben
und wenn ich ihr gewissen wäre
hätte ich schon längst gekündigt
aber das soll sie noch ordentlich quälen
bevor es sich wirklich gänzlich
von ihnen verabschiedet
eins sitzt wortlos da
schneeweiß legt den arm um seine frau
es wäre ja zu schön gewesen
sie gehen beide ab - eins bleibt allein zurück

eine gruppe von tänzerinnen - einsens gewissen –
umkreist den fernsehmann und zieht den kreis
immer enger und immer drohender um ihn
als der tanz zu ende ist
verlässt herr eins fluchtartig den raum

<u>szene 6 - der heilige abend</u>
  geigenmusik aus dem hintergrund
  der vater bringt einen christbaum ins zimmer
  mutter oma und opa kommen mit christbaumschmuck
  und dem selbstgebastelten daher
  gemeinsam schmücken sie den baum
mutter *zu ihrem mann*
  gleich kannst du die kinder holen
  und dann wird weihnachten gefeiert
oma *zu opa* ich muss dich ausnahmsweise loben
opa du musst raus und leise toben
oma ich habe es dir nicht zugetraut
opa die magd ist hier als junge braut
  sie ist doch noch gar nicht geschieden

190

und trotzdem heiratet sie schon wieder
wen denn
oma   einschalten
sie meint den hörapparat
opa   den alten
mit dem ist sie doch schon verheiratet
oma   *dreht sich zu ihrer tochter*
ich bin froh dass ihr auf ihn gehört habt
und nicht zur arbeit gegangen seid
manchmal muss man einfach zeigen
dass man auch wer ist
opa   siehst du - du solltest auch öfter auf mich hören
oma   *ihren mann einfach ignorierend*
auch wenn es nicht so gelaufen ist
wie es geplant war
dieser herr eins hat schon recht gehabt
es hätte sowieso nicht funktioniert
aber die kinder haben es sich verdient
dass wir alle zusammen feiern
mutter   *zu ihrem mann*   so - jetzt kannst du sie holen
vater   *ruft zur tür hinaus*
andi – michi – niki - ihr könnt kommen
die kinder hüpfen freudig herein
und bestaunen den baum
die ganze familie nimmt vor dem baum aufstellung
und singt ein weihnachtslied
danach dreht opa sich zum publikum
opa   so das wars
jetzt müsst ihr uns aber entschuldigen
der rest ist nämlich privat
der vorhang geht zu
einige augenblicke später steckt der opa den kopf heraus

und fragt in den applaus hinein
ihr seid immer noch da
er kommt vor den vorhang
na gut - dann nütze ich die gelegenheit
um die schauspieler vorzustellen
er stellt die schauspieler der reihe nach vor
zum beispiel die leute vom fernsehen
die möchte ich nicht einmal mehr von fern sehen
zum beispiel den kameramann
wenn man immer im bild und trotzdem nie im bild ist
kann man nur hinter der kamera stehen
zum beispiel seine drei enkelkinder
die im gegenzug ihn vorstellen
und schon wieder eine gute idee haben
niki   opa - wir haben schon wieder eine superidee
opa   welche denn
michi   ja –
  wir werden nämlich die weihnachtsdekoration
  die wir während des stücks gebastelt haben
  an das publikum verteilen
andi   hilfst du uns
opa   ja - das machen wir - klar helfe ich euch
  zunächst aber stellt er noch
  die restlichen schauspieler vor
  zum beispiel seinen schwiegersohn herbert
  er ist immer ein bisschen nervös
  also seien sie vorsichtig mit dem applaus
  sonst erschrickt er noch
  zum beispiel seine frau
  und das ist - sagen sie –
  haben wir uns nicht schon einmal gesehen
  also für sie

würde ich mich doch glatt scheiden lassen
nun gehen alle endgültig ab
der kameramann filmt –
für das publikum wieder auf dem monitor live zu sehen –
oma und opa hinterher
die arm in arm die bühne als letzte verlassen

weihnachtsträume

<u>szene 1 - die eine familie</u>
  die mutter bügelt
  vater liest die zeitung
  lukas spielt mit seinem handy
  seine kleine schwester schaut ihm zu
mutter   stellt euch vor - ich war gestern mit eurem vater
  auf dem christkindlmarkt -
tochter   aber vergeblich - stimmts
  du bist ihn nicht losgeworden
  schelmisch zu ihrem vater
  nur ein kleiner scherz – papi
  ihr vater ignoriert sie
vater   hört euch das an   *er liest aus der zeitung vor*
  vier stunden musste ein 12-jähriger
  auf der polizeiwache
  einer us-amerikanischen kleinstadt verbringen
  weil er sein weihnachtsgeschenk
  vorzeitig ausgepackt und damit gespielt hatte
  die mutter hatte den jungen
  in handschellen abführen lassen
  um ihm eine lektion zu erteilen
  die mutter unterbricht das bügeln
  lukas schaut gelangweilt auf
  die tochter hält sich erschrocken und schockiert
  die hand vor den mund
  hast du das gehört – anna
  und wenn du frech wirst mache ich das mit dir auch
tochter   aber wie hätte ich denn
  ein geschenk auspacken sollen

ich habe ja noch gar keins
oder hat das christkind mein handy schon gebracht
vater nein - aber irgendeinen grund
werde ich für deine verhaftung schon finden
tochter *flehentlich* muttiiii
lukas wendet sich wieder seinem handy zu
die mutter bügelt kopfschüttelnd weiter
mutter was ich eigentlich sagen wollte
dort habe ich gehört
neben den christkindlmärkten
soll es jetzt bald auch weihnachtsmannmärkte geben
was sagt ihr dazu *niemand reagiert*
vater da schreibt einer dass ab 2017
auch weihnachtsfrau-kostüme
angeboten werden müssen –
wegen der gleichberechtigung
zu seiner frau was sagst du dazu
tochter ich finde das gut
und wenn sich das nicht durchsetzen sollte
wünsche ich mir eben vom christkind
dass es so sein soll
mutter *zu ihrem mann* wann montierst du endlich
die weihnachtsbeleuchtung
vater *zur tochter - seine frau ignorierend*
was wünscht du dir - der weihnachtsmann selbst
ist schon unnötig weil es eh das christkind gibt
und du wünscht dir auch noch
eine weihnachtsfrau dazu
wünsch dir lieber dass der weihnachtsmann
endlich ganz abgeschafft wird
den braucht doch niemand
mutter was ist jetzt mit der weihnachtsbeleuchtung

seufzend weil ihr mann sie nicht anhört
es ist doch jedes jahr das gleiche
was ich immer unnötig reden muss
lukas *leise* musst ja nicht
mutter *zu sich selbst über ihren mann*
er hört mich gar nicht an -
lukas *wieder leise*
weil er es eh schon 100-mal gehört hat
mutter - aber gut dann sag ich halt nichts mehr
lukas *wie vorhin* wers glaubt wird selig
mutter *vor sich hin und immer eifriger bügelnd*
warum soll ich mich immer um alles kümmern
lukas *leise* sollst ja nicht
mutter *resignierend jammernd*
aber ihr werdet schon sehen - *kleine pause*
vater hier noch so eine meldung
mit hilfe einer ungewöhnlichen maßnahme
wollen die wiener linien auch dem weihnachtsmann
das umsteigen auf öffentliche verkehrsmittel
schmackhaft machen
wer durch roten mantel - rote mütze und weißen bart
als weihnachtsmann zu erkennen ist
und beim einsteigen laut und deutlich hohoho ruft
fährt während der gesamten adventzeit kostenlos
das angebot gilt ausdrücklich
auch für weihnachtsfrauen
zu seiner frau siehst du
nichts als ärger hat man mit diesem sozialschmarotzer
mit diesem weihnachtsmann
kostet uns nur geld und bringt nichts
tochter geschenke schon - wie das christkind
vater nein - viel mehr - viel zu viele

197

offensichtlich kann er ja gar nichts anderes
er bringt einfach nur geschenke
deswegen bringt er ja auch nichts
tochter *während sie von lukas ein stück wegrückt*
das versteh ich jetzt nicht
lukas musst du auch nicht
mutter wir werden heuer die einzigen sein
die keine weihnachtsbeleuchtung am haus haben
tochter darf ich mir heuer
vom weihnachtsmann auch etwas wünschen
ich bräuchte mein eigenes handy nämlich unbedingt
vater *wirsch* nein - unsere geschenke
bringt das christkind – punkt
und das weiß eh was du brauchst
zu seiner frau stimmts marianne
mutter ja ja - und warum
weil ich mich darum kümmere *lukas verdreht die augen*
einmal – nur einmal solltest du das übernehmen
na das wären weihnachten
wir hätten keinen baum - keine geschenke
nicht einmal eine weihnachtsbeleuchtung
apropos - wann montierst du sie endlich
lukas *leise* bitte montier sie endlich
sonst drehe ich noch durch
vater *ungerührt weiterlesend* wegen des einkaufstrubels
hat die stadtverwaltung von neapel
während der adventzeit
eine einbahnregelung für fußgänger eingeführt
geistergeher werden angezeigt
und müssen nach weihnachten ein bußgeld
im wert ihrer geschenke abliefern
ausgenommen von dieser regelung

sind nur weihnachtsmänner und –frauen
tochter   das finde ich gut
  dass die frauen in beide richtungen gehen dürfen
mutter   das findest du gut
  und ihre männer sollen warten
  bis sie wieder zurückkommen - oder was
vater   was redet ihr da
  da sind doch nur die weihnachtsfrauen gemeint
  weihnachtsmänner und gedankenstrich -frauen
tochter   *tut als hätte sie es jetzt verstanden*   aaaaaahhhh
vater   dieses jahr
  fällt der weihnachtstag übrigens auf einen freitag
tochter   hoffentlich nicht auf den 13ten
  das wäre ein unglück - dann würde ich
  mein handy womöglich gar nicht kriegen
lukas   so - jetzt reichts
  er geht weg - das handy lässt er unabsichtlich liegen
mutter   wo gehst du hin   *er antwortet nicht*
tochter   *sie hat inzwischen das handy an sich genommen*
  ich habe gelesen
  dass der weihnachtsmann morddrohungen erhält
  und jedes jahr werden es mehr - - warum
vater   *gleichgültig*   selber schuld – denn seit es den gibt
  sind immer mehr menschen
  mit ihren weihnachtsgeschenken unzufrieden
mutter   *zum publikum*
  während sie langsam bis an den bühnenrand geht
  also mich wundert das auch nicht
  der versteht ja wirklich nichts von seinem handwerk
  seit der auch im weihnachtsgeschäft mitmischen darf
  gibt es fast nur mehr unpassende geschenke
vater   *kommt auch an den bühnenrand*

und stellt sich neben seine frau   und zu viele
tochter   *kommt ebenfalls daher und drängt sich in die mitte*
   gut dass wir unsere geschenke vom christkind kriegen
   die eltern nicken ihrer tochter stolz und zustimmend zu
   dann nehmen sie ihr kind an der hand und verbeugen sich
   danach nützt die tochter ihre chance
   mein handy zum beispiel - krieg ich eh eins
vater   jetzt ist aber schluss
   ein wort noch über das handy
   und es gibt wirklich handschellen
   die tochter läuft weinend weg
mutter   *streng*   geh und bring das wieder in ordnung
   der vater geht schuldbewusst hinaus - die mutter hinterher

szene 2 - die andere familie
   die mutter kommt herein und macht sich an die arbeit
   ein paar sekunden später
   kommt auch der vater mit seiner tochter daher
vater   so - alles wieder ok
   wir sind jetzt sozusagen eine ganz andere familie
   die mutter bügelt weiter
   der vater setzt sich hin und liest die zeitung
   die tochter spielt mit einem handy
   nach einiger zeit kommt kevin herein
   die mutter unterbricht das bügeln
mutter   wo warst du   *kevin ignoriert sie*
   blickt sich suchend um und entdeckt endlich sein handy
kevin   ah - du hast es schon wieder
   mutter wendet sich kopfschüttelnd wieder dem bügeln zu
   gib schon her   *er nimmt seiner schwester*
   das handy einfach weg - setzt sich hin und spielt damit
tochter   *beleidigt*   ich möchte auch ein eigenes handy

vater schon gehört - der text des liedes
  morgen kommt der weihnachtsmann
  soll geändert werden
mutter warum
vater *seinem ärger darüber deutlich luft machend*
  na was glaubst du warum
  wegen der gleichberechtigung natürlich
  es ist nicht mehr zeitgemäß
  dass nur vom weihnachtsmann gesungen wird
  in zukunft soll auch die weihnachtsfrau
  in diesem lied vorkommen
tochter *vom wunsch nach einem eigenen handy*
  kurz abgelenkt wirklich - das finde ich super
  versuchen wir es gleich
  die eltern schauen einander unsicher an
mutter du meinst -
tochter ja - das meine ich – na kommt schon
  sie zerrt die beiden in die bühnenmitte
  dann deutet sie zu kevin was ist mit dir
kevin mich interessieren weihnachtslieder nicht
  er spielt weiter mit dem handy
mutter *zu ihrem mann* die weihnachtsbeleuchtung
  musst du auch noch montieren - vergiss das nicht
vater na was jetzt - soll ich singen oder -
tochter *zu ihrem vater* du stimmst an
vater iiiiiich
  zu seiner frau renate - du bist im kirchenchor
mutter hätte mich ja gewundert - also los gehts
  sie singt einen ton an - dann beginnt sie -
  die textstelle
  weihnachtsmann und weihnachtsfrau
  singt sie so schnell

dass die beiden anderen nicht mithalten können
morgen kommen weihnachtsmann
und weihnachtsfrau - kommen mit den –
sie unterbricht
was ist - warum singt ihr nicht
vater   willst du singen oder um die wette laufen
tochter   komm papa - bemüh dich ein bisschen
vater   na du hast es notwendig
mutter   *sie hat nun gefallen daran gefunden*
  und klatscht motivierend in die hände
  streitet nicht - ihr müsst nur
  weihnachtsmann und weihnachtsfrau
  doppelt so schnell singen - also noch einmal
vater   das geht sich doch nie aus
mutter   papperlapapp - alles geht wenn man es will
  sie singt wieder einen ton an
tochter   wirklich - alles – also ich will ein handy
  kevin schaut kurz auf und schüttelt den kopf
vater   das hast du falsch verstanden
  alles geht natürlich nicht
mutter   *summt wieder einen ton und unterbricht*
  und danach montierst du die weihnachtsbeleuchtung
  dann stimmt sie an - sie singen
  morgen kommen weihnachtsmann
  und weihnachtsfrau -   *heilloses durcheinander*
vater   habe ich ja gleich gesagt
  dass sich das nicht ausgehen kann
mutter   sei nicht immer so negativ
  einmal probieren wir es noch
  sie singen - dieses mal gelingt es
  morgen kommen weihnachtsmann
  und weihnachtsfrau - kommen mit den gaben

bunter lichter silberzier
kind mit krippe - schaf und stier
zottelbär und pantertier
möcht ich gerne haben
sie verbeugen sich grinsend - genießen den applaus
und begeben sich wieder auf ihre plätze
tochter   *singend*   ich wünsch mir ein handy -
ich wünsch mir ein handy – ich w-
mutter   *mit erhobenem zeigefinger zu vater*
äääh – weihnachtsbeleuchtung
der reagiert - wenig überraschend - wieder nicht
kevin   das lied kinder an die macht
soll überhaupt verboten werden
mutter   warum denn das
vater   *großspurig*   na warum wohl
alle – besonders kevin –
blicken ihn mit großen augen sehr gespannt an
kevin   *schließlich*   also - warum
vater   *windet sich*
weil – weil - ja gut - ich weiß es nicht
kevin   na überlegt doch einmal
das ist doch alles ganz offensichtlich
und es wundert mich
dass der vwrw so lange gebraucht hat
um das aufzudecken
vater   wer
kevin   der vwrw – der verein
zur wahrung der rechte des weihnachtsmannes
vater   ah ja – der   *dann kleinlaut*   aber warum
kevin   wer bringt denn die weihnachtsgeschenke
alle   der weihnachtsmann
kevin   genau – und wer möchte sie gern bringen

203

ist aber noch zu klein dafür
alle das christkind
kevin seht ihr - und dieses lied heißt
kinder an die macht – mit anderen worten
christkind an die macht –
und deshalb soll es verboten werden
die familie sitzt staunend da
ihr oberhaupt findet am schnellsten wieder die fassung
vater sag ich doch
mutter und ich sage
du montierst heute noch die weihnachtsbeleuchtung
tochter von mir aus
kann das lied ruhig verboten werden
hauptsache ist - der weihnachtsmann bringt mir alles
was ich mir gewünscht habe
zum beispiel ein neues handy
kevin verdreht die augen
vater leise rieselt der schnee
soll auch geändert werden - lese ich da gerade
endlich hat man den weihnachtsmann
auch in dieses lied hineinreklamiert
mutter wirklich - komm her nora
probieren wir es gleich
tochter die jessi kriegt heuer auch ein handy
das neue i-mobile 8
kevin könnt ihr die endlich ruhigstellen
mutter jetzt wird gesungen
mutter und tochter nehmen wieder aufstellung - sie singen
leise rieselt der schnee
still und starr liegt der see
weihnachtlich glänzet der wald
freuet euch s-christkind

und der weihnachtsmann kommt bald
tochter *mit treuherzigstem blick*
   kriege ich jetzt ein eigenes handy
vater es heißt kommen
   freuet euch s-christkind
   und der weihnachtsmann kommen bald
   sie singen es noch einmal mit vaters textvorschlag
vater und jetzt fehlt noch die weihnachtsfrau
mutter ok - nehmen wir die auch dazu
   sie singen wieder
   leise rieselt der schnee
   still und starr liegt der see
   weihnachtlich glänzet der wald
   freuet euch s-christkind und der weihnachtsmann
   und die weihnachtsfrau kommen bald
   sie verbeugen sich und genießen den applaus
tochter ich freue mich schon so auf mein handy
kevin *zu seiner kleinen schwester*
   hast du auch schon gehört
   dass die morddrohungen gegen das christkind
   jedes jahr mehr werden
   schön langsam wundert mich das gar nicht mehr
   womöglich bedroht man demnächst
   sogar schon den weihnachtsmann *er geht*
mutter wo gehst du schon wieder hin
   er reagiert nicht - die mutter schüttelt hilflos den kopf
tochter warum bedroht man das christkind mit mord
vater wahrscheinlich weil immer mehr
   mit ihren weihnachtsgeschenken unzufrieden sind
   und wer kann schuld daran sein dass das so ist –
   das christkind – oder
mutter *zum publikum*

205

während sie langsam an den bühnenrand geht
also mich wundert das auch nicht
das christkind ist ja von vorgestern
wie soll so einer wissen
was sich ein kind heutzutage wünscht
vater *kommt auch an den bühnenrand*
und stellt sich neben seine frau genau
tochter *kommt ebenfalls daher*
und drängt sich in die mitte
gut dass unsere geschenke der weihnachtsmann bringt
die eltern nicken ihrer tochter stolz und zustimmend zu
dann nehmen sie ihr kind an der hand und verbeugen sich
der vorhang geht langsam zu
mein handy zum beispiel – krieg ich eh eins
vater *hinter dem vorhang im weggehen*
daher immer leiser werdend
wenn ich jetzt noch ein wort über das handy höre –
nur ein einziges wort - dann - dann –
sag du etwas – renate

szene 3 - lukas und kevin hauen ab
lukas und kevin – die voneinander nichts wissen –
sind dabei ihre sachen einzupacken weil sie abhauen wollen
sie agieren gleichzeitig aber jeder auf seiner bühnenseite
im hintergrund ein bekanntes weihnachtslied von john l
lukas und diese weihnachtslieder überall
ich kann sie nicht mehr hören
dabei stopft er – wie auch kevin –
die kleidungsstücke mit der faust in den rucksack
zur zweiten strophe schreien sie anklagend
ihren eigenen text zwischen die zeilen
lukas des nennans weihnocht - und wos ham sie vor

kevin da stress is da söwi wie e scho jeds johr
lukas und wieda spüns christkind
beide des mocht ihna freid
kevin tausend geschenke
lukas und tausendmoi neid
beide bestimmt wirds no ärger
  ois das letzte scho woa
  kevin schaltet das radio aus
kevin ganz bestimmt wird es noch ärger
  es wird immer ärger
lukas *seine schwester nachäffend*
  krieg ich jetzt ein eigenes handy
  was krieg ich für ein handy
  krieg ich eh ein handy
kevin *seine mutter nachäffend*
  wann montierst du endlich
  die weihnachtsbeleuchtung
  was ist jetzt mit der weihnachtsbeleuchtung
  wir werden heuer die einzigen
  ohne weihnachtsbeleuchtung sein
  endlich haben sie ihre rucksäcke fertig
lukas mir reichts
kevin ich mach da nicht mehr mit - ich hau ab
lukas auf solche weihnachten kann ich verzichten
  sie laufen - jeder auf einer anderen seite - von der bühne
  und aus dem saal

szene 4 - bühnenarbeiter 1

zwei arbeiter kommen in overalls und mit kappen herein
sie schauen sich um und beginnen dann gemütlich
die bühne in einen supermarkt umzubauen
dabei unterhalten sie sich in ihrer mundart

mani so a hockn scho wieder
roli wieso müssn mir des immer mochn
de solln si des söbst umbaun
de poor handgriff werns jo hinkriegn
mani de nit - do kannst dir sicher sein
de planen nur immer großortig
und dann brauchns uns
als sie fertig sind nehmen sie die kappen ab
und wischen sich den schweiß von der stirn
roli soda - müsste passn
mani passt *er greift in die tasche*
und hält roli eine packung kaugummi hin
kaugummi
beide nehmen einen kaugummi in den mund
und entsorgen sozusagen
das papier elegant in richtung publikum
wos glaubst wos i ghört hob – roli
roli von wem
mani wos haast von wem
do frogt man wos - und nit von wem
sein kollege wundert sich über ihn
daher klingt seine erstaunte frage sehr nach gehorsam
roli wos
mani na also - geht doch
waast du wo das tote meer is
roli wos soll des - i hob glaubt du wüst mir wos erzöhn
mani beim totn meer hams jo vor johrn
in aana höhln an haufn so rolln gfundn
roli an haufn so rolln - wos für rolln
filmrolln - schaumrolln - klopapierrolln
hauptrolln oda nebnrolln -
mani mensch roli – schriftrolln

208

schriftrolln habns gfunden
roli   waaß i eh – erzöh weiter
mani   jetzt hot si herausgstöht
   dass aane davon a ganz a besondere is
   wos glaubst wer de gschriebn hot - des errotst du nie
roli   wieso frogst mi dann überhaupt
mani   stö da vor roli
   de hot da jesus höchstpersönlich gschriebn
   da jesus söbst - des muasst da amoi vorstöhn
   des hams jetzt eindeutig bewiesn
roli   wer hot des bewiesn
mani   schon wieda die verkehrte frog roli
   du muasst frogn wos er gschriebn hot
roli   *mit gespielter neugierde*   wos hot er gschriebn
mani   siechst - so geht des - wennst gscheit frogst
   kann i dir a wos gscheits erzöhn
roli   also red schon - wos hot er gschriebn
mani   nur aan sotz – des muasst dir amoi gebn
   nur aan aanzign sotz - owa der is a wahnsinn
roli   *wartet gespannt*   und - spucks schon aus
   mani spuckt den kaugummi aus   doch nit den kaugummi
regisseur   aus – aus - so geht das nicht
   alles was recht ist - aber du kannst nicht einfach
   deinen kaugummi auf die bühne spucken – außerdem
   ich habe gerade gesehen - ihr seid noch gar nicht dran
mani   nit - mir san no nit dran - und wos mochma jetzt
regisseur   wir gehen nach dem programm vor
   ihr seid später dran
   mani und roli nehmen es gelassen
   und wollen von der bühne gehen
   die inzwischen fertig umgebaut ist
regisseur   *schreit mani nach*

209

da komm her - räum den kaugummi weg
der nimmt ein stück papier aus der tasche
hebt damit den kaugummi auf und gibt es dem regisseur
der ist so verdutzt dass er ihn annimmt
aber im nächsten augenblick
ruft er mani noch einmal zurück
he - räum das selber weg
mani nimmt das papier
mit gleichgültiger miene wieder an sich
dann gehen sie ab - einmal drehen sie sich noch um
mani und **roli**   also bis später

szene 5 - lukas und kevin treffen einander
lukas kommt daher - der supermarkt ist noch geschlossen
er schaut die auslage an - kevin kommt vorbei
während die beiden miteinander reden
nimmt die kassierin platz und die kassa in betrieb
kevin   und - findest du etwas
lukas   was meinst du - was soll ich finden
kevin   du suchst doch sicher noch
ein paar weihnachtsgeschenke
die dann zufällig der weihnachtsmann bringen wird
ein packerl für den papa
ein etwas größeres für die liebe mama
ein ganz großes für die kleine schwester
die dir ständig auf die nerven geht - und so weiter
was drinnen ist ist eh wurscht
hauptsache - es ist schön verpackt
lukas schaut ihn etwas ratlos
in gleichem maße aber auch herablassend an
kevin wird ein bisschen unsicher
ein schönes goldenes banderl vielleicht noch -

210

drumherum -

lukas *jetzt richtig herablassend*
und du - du machst das so – oder wie

kevin iiiich – nein - so etwas gibt es bei mir nicht –
nicht mehr

lukas du kriegst nichts vom christkind
überhaupt nichts

kevin falsch - nicht ich kriege nichts - ich will nichts
und noch einmal falsch
nicht das christkind ist zuständig
sondern der weihnachtsmann

lukas aha - der weihnachtsmann - und wer bist du

kevin *streckt ihm die hand hin* kevin

lukas ich bin lukas - du willst also keine geschenke
interessant - warum nicht
der supermarkt ist inzwischen geöffnet
die ersten kunden stehen an der kassa

kevin warum nicht - schau hier ein paar minuten zu
dann weißt du warum
sie treten ein stück zur seite
und beobachten das geschehen an der kassa

im supermarkt
ein ehepaar - er voll bepackt mit allerlei

sie von diesen verbilligten kerzenständern
hast eh gleich drei genommen schatz

er ja - ich habe sie auch gleich
als geschenk einpacken lassen

sie na das will ich hoffen
kaffeekapseln und küchenrollen hast du auch

er ja - hab ich

sie ah schatz - und die granatäpfel

hast du auch die granatäpfel
er   granatäpfel - ja hab ich - alles hab ich – schatz
  wofür brauchen wir die granatäpfel eigentlich
sie   sagt dir das nicht dein hausverstand
er   doch schatz – ja ich hör ihn schon
sie   gut - dann können wir
  sie nimmt ihm ein paket nach dem anderen ab
  und legt es zur kassa
  dabei fragt sie wieder
  bist du dir sicher – schatz
  dass du auch die granatäpfel hast
er   ja - ganz sicher
sie   kaffeekapseln und küchenrollen hast du auch
er   ja - hab ich
sie   und wie viele kerzenständer hast du genommen
er   drei - schatz - wie du gesagt hast
  so geht sie noch einmal alle dinge
  in umgekehrter reihenfolge durch
  nun nimmt die kassierin stück für stück und rechnet
  sie belädt ihren mann wieder und fragt abermals
  er kann die vielen sachen kaum noch halten
sie   drei kerzenständer
er   drei kerzenständer
sie   kaffeekapseln und küchenrollen
er   kaffeekapseln und küchenrollen
sie   granatäpfel
er   granatäpfel
kassierin   so - das macht 3899 euro und 90 cent
sie   liebling - bezahlst du
er   ja gern – schatz - aber wie
sie   halt still - ich nehme mir dein geldbörserl
  sie nimmt es aus seiner tasche

212

dabei fällt dem mann alles wieder hinunter
während sie wieder aufladen
unterhalten sich die beiden freunde weiter
kevin na - was sagst du - wie findest du die zwei
lukas schrecklich - schrecklich finde ich sie
  aber auch bedauernswert lustig
kevin die glauben auch dass weihnachten
  eine rein finanzielle angelegenheit ist
  er macht eine kleine pause
  ich weiß zwar noch nicht wie
  aber so möchte ich weihnachten nie feiern
lukas kann ich gut verstehen   *die beiden beginnen*
  sich königlich über das ehepaar zu amüsieren
sie so - und jetzt pass auf
  dass du nicht wieder alles fallen lässt
  so was ungeschicktes
er könntest du mir bitte eine kleinigkeit abnehmen
  schatzi
sie ja - was soll ich denn noch alles tun
  da hätte ich ja gleich alleine fahren können
  zur kassierin   er ist schon so ungeschickt
  es ist gar nichts mehr anzufangen mit ihm
  na ja - das alter - was soll ich ihnen sagen
kassierin wir werden alle nicht jünger
sie wie wahr wie wahr
  aber er ist schon so ungeschickt - wissen sie
  erst neulich wieder - da hat er -
kassierin *sehr freundlich*   entschuldigen sie bitte
  ich würde mich ja noch gern mit ihnen unterhalten
  aber da warten schon die nächsten kunden
  also auf wiedersehen und frohe weihnachten
sie *merklich beleidigt*   auf wiedersehen

zu ihrem mann
unerhört - wie unfreundlich man da behandelt wird
gehen wir
dabei schubst sie ihn verärgert
sodass ihm noch einmal alles hinunterfällt

der streit an der kassa
inzwischen haben die zwei nächsten wartenden
ein gespräch begonnen
frau a   und jetzt fahren sie
tatsächlich zu weihnachten weg
kassierin   die nächste bitte
frau b   *während sie ohne zu grüßen ihre sachen hinlegt*
nein - also zu weihnachten sind wir schon noch da
aber am 26sten gehts dahin
frau a   und wohin
frau b   nach barcelona
frau a   nach mallorca
jö schön - wir waren vor zwei jahren zu ostern dort
frau b   wo
frau a   in mallorca
frau b   wir fahren nach barcelona
ja - eigentlich freue ich mich eh schon
aber ich habe noch so viel zu tun
was soll ich ihnen sagen
die ganzen weihnachtsvorbereitungen -
das ganze haus muss ich noch zusammenräumen
für den urlaub muss ich noch so viel besorgen
und dann müssen wir auch schauen
dass wir die wichtigsten weihnachtsbesuche
in diesen zwei tagen noch hinkriegen
damit niemand beleidigt ist

wenn es nur schon wieder vorbei wär
frau a   aber gehns - sie werden sehen
wie sie diesen urlaub genießen
wenn sie erst einmal dort sind
ich würde sofort mit ihnen tauschen
wenn sie im flugzeug sitzen haben sie schon ihre ruhe
und bei uns wird wieder
ein besuch nach dem anderen kommen
und dann geht es wieder von vorne los
mit dem zusammenräumen - und dieses viele papier -
frau b   jetzt überlege ich noch
was wir mit dem christbaum tun sollen
vorher schon wegräumen oder stehen lassen
bis wir wieder nachhause kommen
wegräumen wird sich wahrscheinlich
gar nicht mehr ausgehen aber andererseits
möchte ich von dem ganzen durcheinander
nichts mehr sehen wenn ich wieder nachhause komme
kassierin   soda - das macht 95 euro und 25 cent
frau b   um gottes willen - jetzt habe ich die bratwürstel
für den heiligen abend vergessen
kann ich das hier kurz liegen lassen
kassierin   aber das geht doch nicht
wir können ja nicht alle warten lassen
frau b   ich bin doch gleich wieder da
ein herr   räumen sie ihre sachen weg
wir haben ja unsere zeit auch nicht gestohlen
frau b   sie - jetzt werden sie nicht unfreundlich
ein herr   ich werde unfreundlich
wenn ich es für richtig halte
und wenn sie ihre sachen nicht sofort wegräumen
werde ich sogar sehr unfreundlich

frau a   aber mein lieber herr
ein herr   sie mischen sich besser nicht ein
   und außerdem - ich bin nicht ihr lieber herr
   frau a ist empört - will sich aber mit dem herrn
   nicht anlegen also geht sie kopfschüttelnd weg
ein anderer herr   was ist denn da eigentlich los
   warum geht da nichts weiter an der kassa
kassierin   bitte beruhigen sie sich wieder
   meine herrschaften
ein herr   *schon ziemlich aggressiv*
   beruhigen soll ich mich - ich soll mich beruhigen
kassierin   ja - darum würde ich sie dringend bitten
   sonst muss ich den geschäftsführer rufen
ein herr   ok - ich beruhige mich
   ich weiß schon wie ich mich beruhigen kann
   er geht nach vor - leert seinen gesamten einkauf
   zu den fremden sachen dazu und geht
   sehen sie - jetzt bin ich wieder ruhig
   frohe weihnachten

gemeinsamkeiten
   kevin und lukas haben genug gesehen
kevin   *lachend*   was sagst du jetzt
   ist das nicht eine schöne zeit - diese weihnachtszeit
lukas   *ebenfalls auflachend*   ja - und so herrlich friedlich
kevin   hast du diesen typen gesehen
   der schmeißt ihnen einfach alles hin und geht
lukas   schauplatz pur
   jetzt können sie alles wieder auseinandersortieren
kevin   *wird plötzlich wieder ernst*
   habe ich dir jetzt
   deine illusionen von weihnachten genommen

lukas   meine illusionen

kevin   oder habe ich dich sogar bekehrt
sodass du jetzt auch keine geschenke mehr willst

lukas   du glaubst dass du mich bekehrt hast

kevin   ich sage dir jetzt warum ich keine geschenke will
ich bin nämlich abgehauen weil sich bei uns zuhause
in der weihnachtszeit auch alles nur
um übertriebene weihnachtsvorbereitungen
und geschenke geschenke geschenke dreht
mir reichts - das kann doch nicht weihnachten sein

lukas   ich bin auch abgehauen

kevin   *redet einfach weiter*   wo bleibt da der eigentliche –
was - du bist auch abgehauen
jetzt erst registriert er was lukas gesagt hat
warum – komm – erzähl schon

lukas   naja - da brauche ich nicht viel zu erzählen
bei mir zuhause ist es ganz genauso wie bei dir
da hörst du den ganzen tag nur
montiere endlich die weihnachtsbeleuchtung
hast du schon alle geschenke besorgt
ich möchte dies - ich möchte das
wir kriegen heuer keinen baum - bla bla bla -

kevin   das klingt als ob wir die gleichen eltern hätten

lukas   und die gleichen geschwister

kevin   dich stört also auch dass weihnachten
gar nichts besinnliches
gar nichts geheimnisvolles
gar nichts heiliges mehr an sich hat

lukas   ich frage mich   *zum publikum*
was vom heiligen abend übrigbleibt
wenn man die weihnachtsbeleuchtung
und die geschenke weglässt

szene 6 - die nacht im supermarkt

lukas liegt auf dem tisch der kassierin und kevin davor auf
dem boden – der laden ist längst geschlossen
licht kommt nur noch von der straßenbeleuchtung

kevin war eine gute idee von dir
sich hier einsperren zu lassen

lukas wo hätten wir sonst hin sollen - und außerdem
hier haben wir alles
wir brauchen uns nur zu bedienen
aber für morgen müssen wir uns was einfallen lassen
gute nacht

kevin gute nacht *sie versuchen zu schlafen – dann*
wieso glaubst du eigentlich
dass das christkind die geschenke bringt
ich meine - glaubst du das wirklich

lukas ja wer denn sonst - der weihnachtsmann etwa

kevin beleidige mir nicht meinen weihnachtsmann – ja

lukas wie könnte ich jemanden beleidigen
den es gar nicht gibt

kevin *setzt sich auf* was soll das heißen
natürlich gibt es ihn
du kannst ihm auf jeder ecke begegnen
aber euer christkind - wo kann man das sehen
ihr sucht es zwar immer
aber gefunden hat es noch niemand – oder -

lukas *setzt sich nun auch auf*
darum geht es doch überhaupt nicht
das christkind ist eben das christkind
das läuft nicht auf jeder ecke verkleidet herum

kevin ja - weil es auch keines gibt

lukas das kannst du nicht behaupten
nur weil du es noch nie gesehen hast

aber beim weihnachtsmann weiß man ja
dass er nur ein verkleideter irgendwer ist
kevin   aber es gibt ihn wenigstens
auch wenn er nur verkleidet ist - und er ist cool
und er bringt die geschenke – alle - auch deine
euer christkind dagegen ist veraltet
unglaubwürdig und eigentlich nur kitschig
wie könnte das irgendwem ein geschenk bringen
lukas   fällt dir nicht auf
dass du auch ständig nur von geschenken redest
dabei bist du nur aus diesem grund abgehauen
aber mich wundert es ja nicht
der weihnachtsmann
ist ja nur zum geschenke-bringen erfunden worden
das christkind dagegen ist mehr
als nur ein reiner geschenkeliferant
kevin   ok - der weihnachtsmann ist erfunden
und das christkind hat noch nie jemand gesehen
aber eines sag ich dir
wenn jemand von diesen beiden die geschenke bringt
dann der weihnachtsmann
lukas   wer ist denn damals in der krippe gelegen – hä
der weihnachtsmann oder das christkind
kevin   und wer bringt die geschenke – hä
der weihnachtsmann
lukas   wie kann man nur an einen glauben
von dem jeder weiß dass er nur verkleidet ist
mich würde wirklich sehr interessieren
wie du ihn dir in echt vorstellst
kevin   den weihnachtsmann
also den weihnachtsmann - den stelle ich mir so vor -
der weihnachtsmann - -

er möchte gerade mit seiner beschreibung beginnen
als plötzlich das lied
morgen kommt der weihnachtsmann
ertönt und der weihnachtsmann
auf seinem schlitten vorfährt – die beiden springen auf
und bleiben verängstigt vor dem tisch stehen
kevin *mutig - als er wieder weg ist*
na - was sagst du jetzt
lukas und das meinst du wirklich ernst
ein uralter mann - der am nordpol wohnt
und mit einem rentiergezogenen schlitten
in der gegend herumfliegt
da ist das christkind schon glaubwürdiger - pass auf

das christkind
lied - leise rieselt der schnee – das christkind erscheint
die verängstigung weicht schnell großer ehrfurcht
wie angewurzelt stehen die beiden da
bis es wieder weg ist
lukas *selbst auch ganz erstaunt*
so - jetzt hast du es gesehen - glaubst du es jetzt
da tauchen plötzlich 5 gestalten aus dem halbdunkel auf
kevin und was ist das jetzt
gehören die auch zum christkind
lukas keine ahnung - die kenne ich auch nicht

die allegorien
die geheimnisvollen gestalten sind alle gleich gekleidet
und schleichen um sie herum
nur eine steht ruhig da und mustert die zwei
lukas verzeihung - wer seid ihr
gleichheit warum redest du im majestätsplural mit mir

lukas   ich rede nicht im majestätsplural
 ihr seid ja zu fünft
gleichheit   da täuscht du dich - ich bin ganz allein
 wo ich bin - ist niemand anderer nötig
kevin   jetzt sag endlich wer du bist
gleichheit   ich bin die gleichheit
kevin   die gleichheit
 könntest du das vielleicht näher erklären
 und was hast du da überhaupt zu tun
gleichheit   das ist ganz einfach - ich sorge dafür
 dass diese ungerechtfertigten unterschiede
 unter den menschen weniger werden
 ich versuche alle menschen gleich zu machen
 denn dann gibt es keine ungerechtigkeit mehr
 was sagt ihr dazu
lukas   klingt gut - aber warum
 sehen wir da noch andere - wer sind die
gleichheit   nehmt die nicht ernst
 ganz egal was sie euch erzählen
 glaubt ihnen kein wort
 wo ich bin ist niemand anderer nötig
 ich mache die menschen gleich - denkt an mich
 mit diesen worten verschwindet die gleichheit
kevin   glaubst du ihr
lukas   du etwa nicht
 stell dir vor es wären wirklich alle menschen gleich
 das wäre doch unglaublich super
kevin   finde ich auch - es gibt ja wirklich
 so viel ungerechtigkeit auf der welt
 und wenn alle gleich wären –
 da meldet sich eine der anderen figuren zu wort
unzufriedenheit   sie ist wirklich gut - die gleichheit

ich kann mich immer auf sie verlassen
lukas ja - aber sie ist weg
wo kann man sie wieder finden
unzufriedenheit oh – das ist einfach
man findet sie überall dort
wo menschen gleich sein wollen - in vereinen
in fanklubs - in allen interessensgemeinschaften
in allen religionen - einfach überall
lukas du hast vorhin gesagt
du könntest dich immer auf sie verlassen
das klingt als ob sie für dich arbeiten würde
unzufriedenheit richtig
und das macht sie wirklich perfekt
denn gleichheit erreicht man nur
wenn man jemand dazu verführt - oder sogar zwingt
etwas anzunehmen oder etwas aufzugeben
und beides erzeugt unzufriedenheit
kevin wer bist du eigentlich
unzufriedenheit gestatten – unzufriedenheit
kevin also obwohl die gleichheit vorhin gesagt hat
dass wir dir nichts glauben sollen
muss ich jetzt zugeben - das klingt einleuchtend
lukas sehe ich auch so - wenn mich jemand überreden
oder sogar zwingen würde
ab sofort an den weihnachtsmann zu glauben
so wie du - wäre ich auch unzufrieden
da meldet sich die nächste gestalt zu wort
neid genau - und dann würdest du ihn beneiden
weil er mit seiner meinung gewonnen hätte
während du deine überzeugung wechseln musstest
lukas richtig - und du bist -
neid ich bin der neid und ich kann dir eines sagen

du beneidest immer die - von denen du meinst
sie müssten nicht so unzufrieden sein wie du
deswegen ist die unzufriedenheit mein bester kumpel
unzufriedenheit   wenn schon dann kumpelin
neid   entschuldige kumpelin
sei nicht schon wieder so unzufrieden
unzufriedenheit   so bin ich eben
sie geht in gleicher richtung weg wie die gleichheit
der neid hinter ihr her
lukas und kevin schauen ihnen noch nach
da ergreift der hass das wort
hass   wo unzufriedenheit und neid regieren
bin auch ich immer willkommen
obwohl genau genommen
willkommen nicht das richtige wort für mich ist
denn ich bin hässlich - entsetzlich hässlich
ich bin der hass
sein begleiter erklärt
krieg   die gleichheit schafft mit ihrem bemühen
alle gleichzumachen – überall wo sie hinkommt –
neue gruppen
gruppen die sich dann mit anderen vergleichen
sie zu beneiden und sogar zu hassen beginnen
und sie schließlich als ihre feinde sehen
toleranz - zufriedenheit und glück
tauchen unbemerkt im dunkel auf
sie sind individuell gekleidet
aber ich als krieg bin froh darüber
denn wenn der hass einmal da ist
stehe ich auch bereit
würde man vielfalt anstreben
und sie wirklich akzeptieren

anstatt nur davon zu reden
gäbe es mich überhaupt nicht
ich weiß das und manchmal glaube ich
ich bin der einzige der das weiß
aber mir solls recht sein
so werde ich immer gebraucht
also meldet euch wenn ihr soweit seid
hass und krieg gehen weg
der krieg dreht sich noch einmal um – zum publikum
eigentlich – aber das sage ich jetzt nur euch –
sollte ich ja schon längst in pension sein
ich bin doch nicht mehr zeitgemäß
aber man lässt mich nicht
auch der krieg geht nun weg
es wird plötzlich heller
lukas   ich glaube - mir ist jetzt ein licht aufgegangen
toleranz   nein - es ist nur heller geworden
lukas   wo kommt ihr so plötzlich daher
   ich habe euch gar nicht gesehen
toleranz   uns übersieht man oft - das sind wir gewöhnt
   aber mir macht das nichts aus – ich bin die toleranz
kevin   *ehrfürchtig*   die toleranz
toleranz   ja - ich lasse mich nicht verordnen
   ich lasse mich nicht zwingen
   ich warte bis mich jemand wirklich will
   die - die immer nur von mir reden
   werden mich nie kennenlernen
zufriedenheit   und wir sind die zwei
   die die toleranz immer begleiten
glück   darf ich vorstellen
   das hier ist meine freundin - die zufriedenheit
   und ich bin - obwohl ich ihre freundin bin –

gleichzeitig auch ihr kind
ich bin das glück
wo es sie nicht gibt
kann es mich auch nicht geben
toleranz   wenn euch jetzt wirklich
ein licht aufgegangen ist
dann könnt ihr zufrieden sein
zufriedenheit   und wenn ihr zufrieden seid
seid ihr glücklich
glück   so einfach ist das
die drei verbeugen sich und gehen weg

szene 7 - die bühnenarbeiter machen pause

die beiden stehen vor dem vorhang und warten
sie blicken ein paarmal auf die uhr
als ob jemand kommen sollte
sie blicken einander fragend an - dann endlich
roli   und wos mochma jetzt
mani   *denkt nach und zeigt nach einigen sekunden*
mit erhobenem zeigefinger dass er schon eine idee hat
er wendet sich ans publikum
wenns euch bis jetzt gfolln hot
treffma uns noch da pause wieder
jetzt is nämlich pause
roli   und wenns euch nit gfolln hot
applaudierts ruhig jetzt schon – owa nit zu ruhig
mani   moment - des wor jetzt owa ziemlich unlogisch
roli   warum
mani   weil – weil - na egal
applaudierts aafach wanns ihr wollts
roli   oder a mehrfoch
mani   also - ab in die pause

szene 8 - der nachtwächter

ein nachtwächter patrouilliert – bewaffnet und in uniform
mit seinem kleinen hund durch den supermarkt

nachtwächter geh weiter waldi
lass dich nicht immer so ziehen
komm jetzt - du brauchst ja keine angst haben
plötzlich ganz autoritär
kommst du jetzt oder nicht
er kommt natürlich nicht
also nicht
kevin und lukas
liegen zusammengekauert in einer ecke und schlafen
einer der beiden beginnt leise zu schnarchen
der nachtwächter hebt den zeigefinger und lauscht
waldi - hörst du das auch
irgendetwas stimmt da nicht
er zieht seine pistole und zittert damit so heftig
dass die waffe hörbar klappert
brauchst ja keine angst haben – waldi
ich bin eh da
er geht sichtbar ängstlich
aber mit professionellem getue herum
sichert nach allen seiten mit der pistole im anschlag ab
bleibt schließlich stehen und lauscht
jetzt hör ich nichts mehr - hörst du noch was – waldi
er zittert gut sichtbar mit seiner pistole
plötzlich dreht sich kevin im schlaf um
und stößt dabei einen schirmständer um
der nachtwächter erschrickt
wird hektisch und lässt seine pistole fallen
fass - waldi – fass - was ist denn – fass
au - doch nicht mich - dummer hund

er hüpft auf einem bein herum
na heute bist du wieder für gar nichts zu gebrauchen
er hebt seine waffe wieder auf
merkt nicht dass er sie nun verkehrt hält
geht zögernd auf die beiden zu
und richtet seine pistole auf die beiden ausreißer
er stößt kevin mit seinem fuß an
he - du da – aufstehen - das ist ein befehl
kevin öffnet langsam die augen
gähnt und ist überrascht wo er sich befindet
da sieht er den hund
kevin jö - ist das ein lieber hund - schau lukas
er will ihn streicheln
nachtwächter vorsicht - der ist scharf - ruhig waldi
ruhig - was macht ihr hier
lukas setzen sie sich her zu uns
dann erzählen wir ihnen alles
nachtwächter moment - meine pistole
er will sie einstecken – merkt aber dass er sie
verkehrt gehalten hat und dreht sie beschämt um –
dann steckt er sie ein und setzt sich
während sie nun gleichzeitig von beiden seiten
dem nachtwächter ihre geschichte erzählen
sodass der gar nicht mehr weiß
wem er eigentlich zuhören soll
laufen beide lieder –
leise rieselt der schnee
und morgen kommt der weihnachtsmann
ebenfalls gleichzeitig - im wettstreit sozusagen –
sodass auch das publikum nichts verstehen kann -
als die lieder aus sind
kevin   - ja - und deshalb sind wir jetzt hier

lukas jö - der waldi ist eingeschlafen
nachtwächter der tut nur so
 er ist nämlich ein wach-hund
 äh - nur dass ich das jetzt richtig verstehe
 ihr seid also einer meinung darüber
 dass weihnachten heutzutage
 nicht mehr so besinnlich ist
 weil alles drumherum übertrieben wird
beide ja
nachtwächter ihr seid euch weiters darüber einig
 dass ihr zu weihnachten keine geschenke wollt
beide ja
nachtwächter und ihr stimmt schließlich
 auch darin überein dass es weder für das christkind
 noch für den weihnachtsmann
 einen eindeutigen beweis gibt
lukas für das christkind vielleicht schon
kevin na dann aber noch eher für den weihnachtsmann
nachtwächter aha - ihr meint also
 dass es keine geschenke geben sollte
 aber es müsste trotzdem geklärt werden
 welche von diesen beiden nicht nachweisbaren figuren
 die geschenke theoretisch bringen könnte
 wenn es sie doch geben sollte
beide *nachdenkend und zögernd* jjjjjjjjjja
 der nachtwächter kreist mit dem zeigefinger
 seitlich vor seiner stirn
 dann beugt er sich zu waldi hinunter
nachtwächter was sagst du waldi - was -
 ja - das meine ich auch
 er sagt - ihr zwei tickt nicht richtig
 die zwei scheinen niedergeschlagen

228

also versucht der nachtwächter
sie mit einem kleinen scherz aufzumuntern
wisst ihr eigentlich
warum der weihnachtsmann einen bart hat
beide   nnnnnnein
nachtwächter   dass man darum streiten kann
die beiden wissen nicht was er meint
sie schauen einander ratlos an
wie auch immer - aber jetzt ist es zeit zu gehen
mit diesen worten führt er sie zum ausgang
und verabschiedet sie
und das nächste mal sagt ihr mir vorher bescheid
wenn ihr euch da wieder zum schlafen herlegt
ich hätte ja fast einen herzinfarkt gekriegt
und der waldi auch - also pfiat euch
und schön brav nach hause gehen
er geht wieder seine runde
lukas und kevin winken und rufen ihm und waldi nach
beide   tschüss - und frohe weihnachten - servus waldi

szene 9 - bühnenarbeiter 2
mani kommt auf die bühne und wartet auf roli
mani   roli - wo bist du - mir san scho dran
endlich kommt auch roli daher
roli   i waaß schon wo das rote meer is
mani   nit das rote - das tote meer
roli   ui - dann muaß i no amoi nochschaun
woat i bin gleich wieder do
mani   jetzt bleib do - is jo eh nit so wichtig wo des is
außerdem is es eh schon tot
die beiden räumen während ihres gesprächs die bühne ab
wischen sich dabei öfter den schweiß von der stirn

und jammern dazwischen ständig über die viele arbeit
roli   host an kaugummi
mani traut sich nicht so recht
er hält nach dem regisseur ausschau
mani   herr neuberger - derf i ihm aan gebn
regisseur   ok - gib ihm einen – aber nicht ausspucken
beide entsorgen das papier wieder richtung publikum
roli   guat – erzöh
mani   also wie gsogt
wie sie domois die schriftrolln gfundn ham
hams eh glei gsehn dass de aani a bisserl anders is
owa se ham kaa erklärung dafür ghobt
und waaßt eh - so a fund
wird jo von hunderten wissenschoftlern untersuacht -
von hunderten – verstehst
wenn nit sogor von - - no mehr
und heier sans draufkemma von wem de rolln is
wos glaubst von wem
roli   von jesus höchstpersönlich
mani   na geh – roli
dir kann ma nix erzöhn - von wem waaßtn des
roli   na so weit worn ma jo scho amoi
mani   ah so - jo genau
geh - dann hättst wenigstens so tan
wie wennst es no nit wissen tätst
mir müssn jo ans publikum a denkn
roli   spann uns nit auf die folter
mir san scho olle neugierig wos in der rolln steht
wos hot er gschriebn – da jesus
mani   do muaß i jetzt zum mikrofon gehen
weil da herr regisseur hot gsogt
es is wichtig dass den sotz

wirklich jeder im raum guat verstehn kann
den derf i ohne mikro nit sogn
er schlägt mit der flachen hand drauf um es zu testen
ui - des geht nit
er probiert einige zeit herum
herr neuberger - wos soll i jetzt tuan
der regisseur versucht es auch - schaut zum tonmeister
der kommt nach vor - es geht nicht
regisseur *zum publikum*
wir probieren es später noch einmal – entschuldigung
mani gemma halt wieder - mir ham jo eh zeit

szene 10 - auf dem nachhauseweg
kevin wie kann der nachtwächter
das nur gemeint haben
lukas was
kevin warum der weihnachtsmann einen bart hat
lukas keine ahnung - aber das ist mir egal
was mich viel mehr beschäftigt ist
dass das alles - was wir da gemacht und erlebt haben
wieder nichts ändern wird - das ist mir nicht egal
kevin ich fürchte dass sich schon etwas ändern wird
aber nicht so wie ich es will
lukas was meinst du
kevin angeblich sollen weihnachtsmänner
bald nur mehr
lauter gleiche geschenke verteilen dürfen
damit niemand benachteiligt ist
so ein blödsinn
da steckt sicher die christkindl-lobby dahinter
lukas die christkindl-lobby - rede nicht so einen unsinn
kevin also ich würde euch das schon zutrauen

lukas und ihr - ihr seid ja noch viel ärger
ihr würdet das christkind
am liebsten wohl überhaupt verbieten
damit sich niemand diskriminiert fühlen kann
so eine propaganda würde ich euch zutrauen
dabei könnte man sich ja
auch durch den weihnachtsmann diskriminiert fühlen
kevin durch den sicher nicht
lukas fällt dir eigentlich auch auf
dass wir über etwas streiten
was es wahrscheinlich gar nicht gibt
warum versuchen wir uns gegenseitig
von etwas zu überzeugen was gar nicht so wichtig ist
kevin du hast recht
lukas es ist schon etwas dran an dem
was die unzufriedenheit
und die anderen alle gesagt haben
kevin na und
es muss trotzdem geklärt werden - wer recht hat
lukas na ok - was meinst du - was wäre
wenn der weihnachtsmann und das christkind –
wenn es sie wirklich gibt –
einander treffen und selber klären würden
wer für die geschenke jetzt wirklich zuständig ist
kevin das würde ich gerne sehen
lukas wer würde gewinnen
kevin ganz eindeutig der weihnachtsmann
lukas das glaubst du doch selber nicht

szene 11 - der wettstreit
kaum hat er das gesagt - ertönt das weihnachtsmann-lied
der weihnachtsmann fährt vor

und baut sich auf einer seite auf
anschließend fährt das christkind zu seinem lied vor
und bezieht auf der anderen seite stellung
der weihnachtsmann steigt von seinem schlitten
und beginnt zu rappen

weihnachtsmann

he schaut doch einmal <u>mich</u> an
an mir ist wirklich <u>viel</u> dran
es gibt nichts was ich <u>nicht</u> kann
ich bin ein wahrer <u>or</u> – kann
und meinen schlitten
den zieht ein ganzer ren-<u>tier</u>-clan
ho – ho ho ho ho
ho mann o mann
ich bin der weih-<u>nachts</u>-mann

weihnachtsmann-chor

ho ho ho ho
ho mann o mann
du bist der weih-<u>nachts</u>-mann
nun steigt auch das christkind von seinem gefährt

christkind

halt die luft an ganz geschwind
weil sonst stress für dich beginnt
nimm den mund nicht gar so voll
schließlich bist du nicht so toll
ich weiß gar nicht was das soll
bleib daheim auf deinem pol
hier bin ich der wirbelwind
weil das meine freunde sind
und hey – ich bin das christkind

christkind-chor

christkind - du bist das

christkind - du bist das – christkind

weihnachtsmann
so schnell wie ich ist wirklich <u>nie</u>-mand
bei allen kindern bin ich <u>be</u>-kannt
mein sack ist voll bis über <u>den</u> rand
und weihnacht ist nach mir <u>be</u>-nannt
die ganze welt ist glücklich
dass man mich <u>er</u>-fand
ho – ho ho ho ho
ho mann o mann
ich bin der weih-<u>nachts</u>-mann

weihnachtsmann-chor
ho ho ho ho
ho mann o mann
du bist der weih-<u>nachts</u>-mann

christkind
nonsens dass man dich erfand
niemand fehlst du hier im land
und dass du es auch gleich weißt
wenn auch weihnachtsmann du heißt
das beweist – du verzeihst –
wirklich gar nichts aber dreist
ist das und wie blind
muss wer sein der meint das stimmt
und hey – ich bin das christkind

christkind-chor
christkind - du bist das
christkind - du bist das – christkind

weihnachtsmann
he - schau doch einmal <u>dich</u> an
an dir ist wirklich <u>nichts</u> dran
was kannst du was ich <u>nicht</u> kann

du gehst mir auf den <u>eck</u>-zahn
und eines noch - mein name
der geht dich wirklich <u>nichts</u> an
ho – ho ho ho ho
ho mann o mann
ich bin der weih-<u>nachts</u>-mann

weihnachtsmann-chor

ho ho ho ho
ho mann o mann
du bist der weih-<u>nachts</u>-mann

christkind

du bist nichts - wenn du mich fragst
glaubst doch selbst nicht was du sagst
ernst zu nehmen bist du nicht
jedes kind lacht über dich
bist du wirklich ganz gesund
he - du bellst ja wie ein hund
der christkind-chor stimmt in den gesang ein
der weihnachtsmann-chor ist begeistert
einer nach dem anderen läuft zum christkind über
und singt mit
wenn sich einer so benimmt
sieht man gleich was da nicht stimmt
dass wie du so aana kimmt
na – des hamma net vadient
noch bevor das recht beginnt
ist schon klar wer hier gewinnt
und hey – ich bin das christkind

beide chöre vereint

christkind - du bist das
christkind - du bist das – christkind
der weihnachtsmann kapituliert

wirft seine mütze zu boden und verschwindet
lukas gewonnen – gewonnen - ich habe gewonnen
  er jubelt - verbeugt sich und lässt sich feiern
  kevin schleicht zerknirscht weg
  der applaus ebbt ab - lukas steht nun nachdenklich da
  ich habe gewonnen - meine vorstellung –
  meine überzeugung hat sich durchgesetzt –
  aber was habe ich nun davon
  was habe ich jetzt eigentlich gewonnen
  er lässt diesen satz einige zeit im raum stehen
  dann geht er still und langsam weg

szene 12 - bühnenarbeiter 3
mani und mir kenna des ganze
  jetzt wieder wegrama – typisch
  sie räumen alles weg
  dann geht mani schnurstracks zum mikro
  und probiert es aus
  a - b – a - b – abc - haut hin
  jetzt steht da verkündigung
  von dem wichtign sotz nix mehr im weg
roli *zum publikum* na - i waaß nit
  ob i des scho glaubn kann
  zu mani
  bist du dir sicher dass nix mehr dazwischenkummt
mani wos kannst mochn
  es san jo immer die klaanigkeiten
  die die großen wichtigen dinge verhindern
  und uns gehts a so - weil der sotz –
  der sotz is wirklich wichtig - do is ois drin
  in dem sotz steckt mehr weisheit drin
  ois in oin philosophischen schriften

die jemois gschriebn worn san
der sotz is die erklärung
für die gesamte wödgeschichte
man brauchat kaane gesetze und paragraphen mehr
es wärn a die bibel
und sämtliche andern glaubensbücher unnötig
und es wär endlich friedn auf da wöd
wenn olle leit den sotz kenna und befolgn tätn
mani kommt immer mehr ins schwärmen
roli hört gespannt zu - dann stellt er eine wichtige frage
roli   und von wem host du des ois eigentlich ghört
mani   *ohne zu überlegen*   vom fabian
roli   von wos für an fabian - vom hofi
mani   *drückt schuldbewusst herum*   najooo – jjjjo
roli   wos - vom hofi – wirklich
   is jetzt owa nit dein ernst – oda
   mir ham doch ausgmocht mir redn mit dem nix mehr
   er blickt mani herausfordernd an
   aber der senkt den kopf und sagt nichts
   des is echt gemein von dir
   roli dreht sich um und schmollt
   mani weiß nicht was er sagen soll
   endlich bricht roli sein schweigen
   waast wos - jetzt red i mit dir nix mehr
mani   geh roli - jetzt sei nit so
roli   nix - i bin angfressn   *er geht weg*
mani   wos soll i jetzt tuan
   jetzt kann i ihm des erscht nit erzöin – schod
   na jo - geh i hoit a
   plötzlich dreht er sich noch einmal um
   jetzt gibt es also vielleicht wirklich
   diesen einen genialen satz

stellen wir uns das einmal vor
vielleicht könnte er wirklich
alle gesellschaftlichen regeln - alle gesetze
alle religionen ersetzen
und alle könnten damit glücklich sein
aber ich frage mich
wären die menschen überhaupt neugierig darauf
ich glaube fast sie wären es nicht
weil uns unsere kleinen persönlichen eitelkeiten
letztendlich immer wichtiger sind als alles andere
aber vielleicht ändert sich das gerade heuer
zu weihnachten
er geht weg
und lässt das publikum nachdenklich allein zurück

szene 13 - die eiligen 3 könige im seewinkel

sprecher   möglicherweise
   wäre alles ganz anders verlaufen
   und wir würden das weihnachtsfest
   auch ganz anders feiern wenn die heiligen 3 könige –
   diese drei weisen - die sich
   trotz unterschiedlichster herkunft
   gemeinsam auf den weg gemacht haben
   um geschenke darzubringen - wenn die damals
   das christkind im seewinkel gefunden hätten

unterwegs
kaspar   bist du gelähmt - die füß tan mir weh
melchior   is jo ka wunder - togelang nur eis und schnee
balthasar   weit geh i nimmer – des wissts eh
kaspar   in so aana kältn quer durchn woosn
melchior   auf der ganzn wöd

kann da wind nit ärger blosn
er erwartet dass balthasar weitermacht
als dies nicht passiert steuert er noch eine zeile bei
wenn i dran denk rinnt mir jetzt no die nosn
balthasar *schaut ihm kontrollierend unter die nase*
balthasar   da kärntner sogt lei lafn losn
kaspar   bist du narrisch - i hob an hunga
melchior   a brotener hoos wär a gschicht – a so a junga
balthasar   hörts auf
   mia rinnt scho das wosser zsamm auf da zunga
kaspar   wie host vorher gsogt - lei lafn losn
balthasar   he - des is mein reim
   find söwa so an grandiosen
melchior   zum beispü – sellerie sogn die franzosn
kaspar   seids nit kindisch - mochma weiter mitn stückl
   melchior betrachtet kaspars füße
melchior   siech i in dein sockn do a lückl
   balthasar hält kaspar einen fetzen hin
balthasar   geht scho – wickl
   kaspar erledigt das - dann gehen sie weiter
melchior   mit de patscherl durchn aanser-kanaö *-kanal*
   und außerdem iss haö *-glatt -rutschig*
kaspar   immer no besser ois waaß gott wie staö *-steil*
balthasar   gehts rost ma wieder a waö *-eine weile*
   sie setzen sich hin
melchior   wissts es no - gestern im woid
balthasar   brrrrrr - do woars koid
kaspar   gemma weiter - jetzt hammas boid
balthasar   scho wieder da foische text
melchior   *besserwisserisch zu kaspar*
   also dass du gor nix checkst
kaspar   wieso - vaflixt und vahext

239

balthasar weil i immer no so miad bin – leider
kaspar tua net immer jammern - jetzt geh weiter
melchior i hob jo glei gsogt
  wenn er zhaus bleibt is des gscheiter

bei herodes
melchior kaspar du host recht
  i siech a schloss do vurn
kaspar des ghört dem herodes und haaßt halbturn
balthasar dem herrn rodes
  lossts jetzt mi redn sonst san ma verlurn
sprecher herodes indessen hätte die 3 weisen
  schon ungeduldig in seinem schloss erwartet
  er hätte versucht
  sie für einen hinterhältigen plan zu gewinnen
herodes d-ehre männer - seids doch no kemma
  er steht auf
  mustert sie eingehend und deutet dann auf balthasar
  wer isn er do - der is jo a ganz a scheena
  dann deutet er auf eine schüssel mit obst
  greifts zua - miassts eh nix dafür brenna
kaspar mir wolln zum neuen könig – zum jesukindl
herodes gehts hörts auf - des is jo ois a schwindl
  a könig – blödsinn
  der liegt jo no in dings - - in -
balthasar windln
  herodes nickt ihm dankend zu
melchior mia wern iahm finden und bei iahm betn
balthasar mitbrocht hamma a ollahand - -
  erschrocken deuten ihm die beiden anderen ruhig zu sein
kaspar *flüstert ihm zu*
  sog amoi - bist du no zu rettn

herodes   jetzt gehts weiter
  sonst werds eich no verspätn
  pockts eich ein no a poor bissn
  balthasar möchte zugreifen
  die beiden anderen zerren ihn weg
  und wenns iahm finds dann lossts mirs wissen
balthasar   hörst herodes
  du bist ganz schön grissn   *-schlau*

die hirten
melchior   irgendwie
  hot der gor nit in unser stückl passt
balthasar   ein so ein gfrasst   *-hinterlistiger mensch*
  zu kaspar
  na wos is – foid dir jetzt kaa reim ein der passt
kaspar   auf den moch i kaan reim
  weil gor so sympathisch wor mir der nit
melchior   wos haaßt sympathisch - dem ghört jo a tritt
balthasar   owa a fester
  und das christkind verrotn mir nit
kaspar   recht host
  wenn si der auf uns verlosst is er verlorn
melchior   he kameradn - is des scho neusiedl do vorn
balthasar   kann scho sein – ihr rennts jo wie die norrn
balthasar   woarts a bisserl
  dort siech i drei hoida   *-hirten*
kaspar und melchior   wenn des nit stimmt -
kaspar   - zoida   *-zahlt er*
  zu balthasar   na - wie schauts aus – reim
balthasar   na oida   *-alter*
  die hirten kommen gemächlich näher
melchior   wirklich wohr - drei hirtn

balthasar   na sicher
   oder siechst du vielleicht an viertn
kaspar   bist du gelähmt
   die renna dass die obsätz gliatn   *-glühen*
hirte 1   wenns ihr glaubts
   das kind is in da basilika – dann hobts eich verhört
hirte 2   und wenns es in neusiedl suachts
   dann seids erst recht verkehrt
hirte 3   probierts es in sankt andrä
   sankt andrä is immer a reise wert
melchior   und ihr gehts nit mit zur krippm
hirte 2   na - des is jo eh olle johr das gleiche
balthasar   *kopfschüttelnd*
   der kann jo gor kaan reim
   i glaub des wor vorhin nur a zufoi

bei der krippe
   die eiligen 3 könige knien vor der heiligen familie
kaspar   *ehrfurchtsvoll*   schauts - er hot recht ghobt
   do steht a stern übern stoi
melchior   *ebenso*   ganz anders wirds mir auf amoi
   lange andächtige pause
   dann wendet sich balthasar ans publikum
balthasar   na klatschn könnts auf jedn foi

vorhang zu

buch   und - wie hat es dir gefallen
leser   - - -
buch   was
  so sprachlos bist du
  macht auch nichts
  dann denk dir einfach etwas passendes
  und zwar überall dort wo leser steht
leser   - - -
buch   kann es sein
  dass du das kindisch findest
  aber du denkst dir doch sowieso etwas
  auch wenn ich dich nicht extra dazu auffordere
leser   - - -
buch   gut
  dann möchte ich dich wenigstens
  um einen gefallen bitten
  und sag jetzt bitte auch nichts
  und nein schon gar nicht
  denn ich mache es trotzdem
  also -
  vielleicht hast du selbst die möglichkeit
  oder du kannst jemand dazu anregen
  das eine oder andere stück aus mir aufzuführen
  und wenn das so ist
  dann lass es meinen autor wissen
  das würde ihn sicher sehr freuen
  du findest ihn unter

  https://mfneu.com   - danke

martin franz neuberger

geboren 1956
in st. andrä am zicksee
burgenland - österreich

lehrer - autor - biobauer

von 2007 bis 2018 an der nms neusiedl am see

leitet in dieser zeit eine schultheatergruppe
mit der er ausschließlich eigene stücke
auf die bühne bringt

der erfolg dieser aufführungen
veranlasst ihn das vorliegende buch zu schreiben
das in erster linie nicht erinnerung
sondern viel mehr anregung sein soll

schreibt auch gedichte kurzgeschichten
liedtexte - ua

präsentiert seine texte normalerweise
in der musik- und literaturformation SAE!TNR!SS

martin franz neuberger schreibt seine texte
als statement für eine einfachere orthographie
in konsequenter kleinschreibung
und ohne satzzeichen
einzige ausnahme – der gedankenstrich

weitere infos unter   https://mfneu.com

weitere bücher von
martin franz neuberger

das ungegenteil   *- lyrik*
edition rötzer
eisenstadt 2006
isbn 3-85374-384-6

schwarzweisheiten   *- lyrik*
novum verlag
neckenmarkt – wien – münchen 2009
isbn 978-3-85022-780-3

weggefährten – im handel nicht mehr erhältlich

die ungelesenen weggefährten   *- lyrik*
bod – books on demand
norderstedt 2016
isbn 978-3-7392-2852-5

die kerlinger höhe   *- gereimte geschichten*
bod – books on demand
norderstedt 2016
isbn 978-3-7412-5062-0

entlebt   *- kurzprosa*
verlag bibliothek der provinz
weitra 2017
isbn 978-3-99028-653-1